U0850431

爱美也是生产力

黎贝卡 著

北京出版集团
北京十月文艺出版社

新经典文化股份有限公司
www.readinglife.com
出　品

献给所有爱美爱生活的人

序言

这几个月，因为整理书稿的缘故，想起很多以前的事。

有一天深夜，我问崔斯坦，你还记得我们第一次去巴黎看秀，曾经有过一个约定吗？她哈哈大笑，说，记得啊，你说以后要争当最老博主，而我要争当最老街拍摄影师。

那时我刚开公众号半年，成为别人口中的“时尚博主”。第一次去看秀，把秀场后台嘉宾区所有能采访的都采了个遍；而她也刚学拍照，第一次拍摄“作品”发出来后，很多读者专门留言劝我“可千万别再让她拍了”。现在回头再看那篇推送，无论是排版还是照片，都惨不忍睹。开那个玩笑时，我并没有真的想过，做博主这件事，居然一做就是八年。

整理书稿的工作比我想象中要艰巨得多，中间屡次让我对自己发出“灵魂拷问”：你怎么那么爱写啊！第一遍整理出来就有十九万字（经过几个月反复修改删减后才变成现在的十二万字），而这还只是过去八年写过的冰山一角而已。八年里，对于很多事情的观点和想法或许有变化，但那种分享的热情，无论是在早期那些“惨不忍睹”排版粗糙的推送里，在后来风格渐趋稳定统一的图文里，还是在现在拍的视频里，从来都没有消失过。这也许就是为什么我能把这件事一直做下来，还能做这么久。

欣赏美、追求美、分享美，是从当博主第一天到现在依然让我热情满满的事。

我写过很多针对不同身材的穿搭技巧、各种搭配公式，体态修炼、气质提升……因为我相信美衣美物可以拯救人于灰暗，一个人追求美的过程，也是滋养身心的过程。

但这本书所收录的文章，大部分看起来似乎都和“美”无关，它们是这些年里我写的“掏心窝”——关于时间管理、理财经、职场经验等。因为我所理解的美，并不只是穿衣打扮，更不只是皮肤身材，而是审美的生活态度，是由内而外的自我发现、自我成长。

如果你问我经过八年以后有什么是变了的，当然也有很多。最明显的大概是变得更松弛了。早期文章里有很多非此即彼、非如此不可的坚持，到后期觉得各种各样的观点和态度都可以理解和包容。是我变得中庸了吗？并不是。只是这几年经历和体会到了更多世事无常，经历了几轮对自己的打碎重建后，学会了更平和地面对生活、面对自己。这一点来之不易的松弛，源于内心更稳定的力量。

这些年走的弯路、摔过的跟头还有成长的快感和喜悦，都在这本书里了。如果看到它的人能因此得到一点点启发和力量，无论是关于美还是关于人生，对我来说就已经很有意义。

崔斯坦看完书稿后说，后面太丧了，尤其是到最后写勇敢的

2019 年，在墨西哥。

那几个点，全都很丧。我甚至想过干脆删掉丧的部分，因为连我自己整理到最后都有一种失落的感觉，就好像看到人生的高光照过了以后又暗了下来，平静，又让人有点怅然。最后还是选择了保留。年轻时的热情和无畏不过是自然的力量，只有经历过时间锤炼的生命力才更稳定、绵长。

我曾经在有一年的手帐首页写过一句话：更有趣、更自由、更广阔。

虽然平时看起来乐观积极，但本质上我是个悲观主义者，觉得生命并没有什么意义，对人生也没有什么既定的规划和目标。如果说有什么是希望自己能努力做到的，那就是：在有限的生命里尽量多做一些有趣的事。

生命的长度也许有限，但深度和广度是可以无限拓展的。

希望我们无论什么时候都不要停止生长。

目 录 | *Contents*

从删除键下拯救出来的“废片”，
很喜欢这种轻快到摄影师都捕捉不住的飞扬感。

Part 2 我爱这花花世界

Part 3 不要停止生长

Part 4 越折腾越爱折腾

附录

Part 1

变美这件小事

欣赏美、懂得美、追求美，也是发现自我、滋养自我的过程。

我经常半夜看后台消息，看到很多读者给我发她们的照片，美女比率非常高。一开始我总是对别人说，我的读者颜值都好高啊！后来意识到，爱美的姑娘，都不会丑。不信你观察一下？

爱美也是生产力

我第一次做演讲是在 2018 年 TED×Guangzhou，演讲主题是：穿得好的人赚更多。

刚接到邀请时我想了很久，到底要讲什么，包括怎么做时尚博主、怎么做到篇篇文章“十万加”、职业转型的经历等等。最后我选了这个主题：穿得好的人赚更多。大家的第一反应是拒绝。她们说，这个话题也太血淋淋了吧，很容易被人杠。

为什么会这么说？大概是因为很多人会简单粗暴地把穿衣打扮等同于消费主义，我们潜意识里觉得：讨论穿衣打扮，显得肤浅和虚荣。

穿得好的人赚更多，这并不是我说的，而是有科学数据做支撑的。芝加哥大学和加利福尼亚大学在 2016 年做过一个调查，他们找了一万四千多个样本，来自不同工种，包括男性和女性，得出这个结论：会打扮、形象好、有魅力的人，平均薪水要比其他人高 20%。

看到这种结论，想必你的第一反应一定是：这真是个看脸的世界。

说一个我自己的惨痛教训吧。我的第一份工作是记者，毕业第一年被派去跑一个很重要的会议。在结束时的新闻发布会上，我坐在第一排，频频举手，终于争取到一个珍贵的提问机会。

然后我就一“站”成名了。

你们知道为什么吗?

并不是因为我的问题有多好。而是因为，我那天穿了一双渔网袜！当坐在第一排的我站起来提问时，所有人都看到了我，和我的渔网袜。

我自己也是在发布会结束后，发现所有人都似笑非笑地看着我，才意识到事情有点不对劲。终于，有一位来自澳门的同行忍不住对我说：“原来你就是那个穿渔网袜提问的女记者啊。”

之后很长一段时间，这件事都被大家拿来笑话我。没有人关心我问了什么，也没有人会想，作为一个新人就有采访重要会议的机会，还争取到提问机会是很难得的。甚至就连我自己都不记得我问了什么。我面临别人对我专业性的质疑，就因为我的外形不够专业。

现在大家听我这样说，一定会觉得我当时脑子是不是进水了。我也觉得是，但我当时就是那么懵懂。因为在我的成长里，并没有着装这门课。我们从小受到的教育都是“你不用注重外表”、“你不要花那么多时间打扮自己，学习更重要”，更别提会有人告诉我们，应该怎么穿更好。

我从小就是个很臭美的人，但以前只会关注穿得美不美。经过那次的惨痛教训，我才意识到，穿得适合、得体也是职业的标准之一。在后来的每个采访，我都会把“穿什么”当成采访的一个重要环节来准备，也开始重视在不同场合应该怎么选择不同的衣服，在个性和适合之间应该怎么兼顾。

过了几年，我转型做了电影记者。第一次去跑戛纳电影节，我就走了红毯。

有几年戛纳电影节在国内的风气大家知道的，比起关心每年有什么电影，很多人可能更关心哪些明星走了红毯。那年的戛纳电影节有一个很火的新闻，就是有人花35万元买了一张红毯入场券。

当然，那不是我，我没有这么多钱。但我那天确实“蹭”了一回红毯。

那天去参加一部中国电影的首映礼。因为住的地方很远，加上塞车，等我到现场时，媒体通道已经关了。那天放映的是主竞赛单元的华语电影，我肯定是不能错过的。

在会场四周找了几圈后，发现只剩下一个入口，就是红毯入口。我不死心，站在那儿跟保安磨了很久，求他让我进去。眼看着明星们就快走完红毯，我几乎都要绝望了。

没想到保安突然后退一步，比了个手势说：“请进吧。”就这样，我匆匆走过红毯，进去看了电影，参加了首映式，完成了采访。

事后我很庆幸，还好电影节期间我每天都坚持穿裙子和高跟鞋！否则以戛纳电影红毯对着装的严格要求，他们是无论如何都不可能让我穿着球鞋牛仔裤走上红毯的！

虽然相对电影节其他嘉宾来说，记者的着装是被默认可以比较轻松随意的，加上欧洲的石子路很难走，而且每天有很多个活动要赶，很多人都是穿着球鞋牛仔裤跑来跑去，方便采访。但自从之前的渔网袜事件后，我去重大采访场合都会先了解一下参加的嘉宾们有什么着装规范，自己也尽量遵守。没想到关键时刻还救了场！

说穿得好，并不是指穿得贵。而是既让自己舒服自信，又尊重场合。

关心穿什么并不是女人的专利。

《纽约客》（*The New Yorker*）的一篇文章爆料，说特斯拉首席执行官埃隆·马斯克（Elon Musk）的造型都是由专业的团队打理。很多行业精英、商界大佬都没落下这一步。就算是大家都很熟悉的史蒂夫·乔布斯（Steve Jobs）的黑上衣、马克·扎克伯格（Mark Zuckerberg）的灰 T 恤，同样都是他们的表达，甚至是精心设计的表达。

形象管理做得好的人，自我管理能力通常都比较强。因为没有人能够随随便便就光彩照人。

我的朋友、孙俪的经纪人郭思曾在我的公众号分享过她的减肥经。因为体重超标给她的健康带来了很多问题，所以她下定决心减肥，在医生指导下，没有吃减肥药，就靠管住嘴迈开腿，从 190 斤减到 115 斤，整个人状态都不一样了。这样的例子还有很多。

我很喜欢一句话："你怎么过一天，就会怎么过一生。"现在

穿得好并不是指穿得贵。
而是既让自己舒服自信，又尊重场合。

没做的事，等我们真的有空了，八成也不会做。

这也是为什么个人形象管理得好的人，在其他方面一般也很优秀。因为他们通过强大的自我管理，收获的不只是好身材、好气质，更重要的是对自己的信心，是追求更好生活的热情。

所以，当我们谈论穿衣服的时候，我们谈论的其实是：我们和自己的关系。

公众号三周年的时候，我们邀请了几位读者分享她们关注我以后的改变和成长。

有位读者说她关注了我以后，最大的一个改变，是入手了人生中的第一个大牌包。

她因为收入不低，经常随手买包包，都不贵，买起来也不心疼。后来看到我说：尽量在能力范围内，给自己最好的。这让她完全改变了自己的消费观，决定要少买一点、买好一点。与其花同样的钱，随手乱买十个自己没那么喜欢的包，还不如咬咬牙买一个最喜欢的，可以反复用，用很多年。

她说："我因为买了更贵的包导致生活质量下降了？并没有。我一直在努力工作、升职、加薪，认真地生活，这是一个美好的循环。"

这确实是一个美好的循环。

就说我自己吧，从小就很臭美，总是想穿漂亮衣服，邻居、阿姨们经常跟我妈妈说："你女儿这么臭美，以后长大了可怎么办？"、"你女儿这么爱美，她以后能养活自己吗？"

我妈妈每次都气定神闲地说："她那么臭美，自然就要想办法努力养活她自己啊。"很开心，现在的我可以说：我真的可以。

我不仅养活了自己，还把爱美变成了事业。

只有我们相信自己值得更好的，我们才会为那个更好的去努力。

爱美真的可以转化成生产力。

人和物品之间的关系，某种程度上是自我认知的一种投射。

之前"一条"来拍了我的家，不知道大家有没有看过。他们当时起的标题是："一个人住 $230m^2$，黎贝卡的家是所有女生的梦"。

视频发出来后，很多女孩子告诉我说很喜欢，这也是她们的梦想，她们会为此努力。当然也有很多人来"砸"我。因为"一个人住 $230m^2$"这种标题看起来确实像在"炫富"，而且我在里面还提到，给自己做了一个 29 平方米的衣帽间和十几平方米的洗手间。很多人说这样很自私、很浪费，万一以后亲戚来了、万一以后有小孩了，怎么办？

其实，大家不知道的是，我在上一套房子里，就留了两间从来没有用过的客房。其中一间是为了给亲戚朋友来玩的时候住，另外一间就是为以后结婚生小孩做准备。结果就是，直到我搬走了，亲戚朋友从来没有住过一次，而我到现在也还没有结婚生孩子。然而住在那里的几年，我每天都在为衣服堆得到处都是、没有一间专门的书房而苦恼，每天花大量的时间收拾无处安放的杂物，烦都烦死了。

正是因为这段经历，所以我在这次装修的时候跟自己说，我一定要先满足自己的需求。

有人问我：

你一个人用这么大的衣帽间洗手间，不觉得浪费吗？不啊。

你不给未来的孩子、老公、来探访的亲戚朋友留一个房间，不觉得自私吗？并不！

你一个女人住这么大的房子，是不是每天回到家都觉得空虚寂寞冷？

一点也不。

每一天回到家，我都幸福感爆棚。因为里面的每个空间都是我自己喜欢的。因为这是我努力工作赚钱买的，是我目前能力范围内能给自己的最好的房子。

当然，房子的例子可能有点极端。那么下面这些，可能大家都曾经历过：

买了一瓶好酒，却非要等到重要的人来时才喝；

买了一套很好的衣服，却要等到见很多人的场合才穿一次，平时就放着；

平时每天都穿得光鲜亮丽，但一回到家就换上破 T 恤，反正没人看得到；

花了很多钱买衣服，但内衣已经穿得又黄又旧，三年没换过了；

……

很多时候，比起在意自己的感受，我们更在意别人的感受。

想到在这个世界上还有一个角落
可以任由自己尽情撒泼打滚，
就值得为它多花点精力。

可能我们自己都没发现，我们对自己的态度原来是这么凑合。

大家也许会说，偶尔凑合一下也没关系。

最关键的是，当我们习惯了凑合着穿一件衣服，凑合着背一个包，那么接下来，我们就会接受一份凑合着做的工作，接受一段凑合着处的感情、凑合着过的生活，我们慢慢就放弃了追求更好的动力。

外在环境固然重要，但如果我们只重视外在环境，只在意别人的感受，我们可能会变成别人眼中优秀的人，但那也许不是我们喜欢的自己。

最后想和大家分享一本我很喜欢的书，叫《一个人的好天气》。书里小女孩问奶奶，外面的世界这么坏，我出去以后怎么办。

奶奶的回答是：“世界不分内外的呀。这世界只有一个。”

找到自己的穿衣风格

在我收到的大量留言里，最常见的一个问题就是：“每次看你介绍那些博主或时装编辑，都觉得她们好会穿啊，我也可以模仿，但轮到自己实践时，还是无从下手，怎么办？”

潮流易逝，风格永存。道理我们都懂，但找到适合自己的风格，并不是一朝一夕的事。我写过很多穿衣榜样，各种身材各种风格都有。有些时装精的风格乍一看很相似，细看却各有特点。纵观很多美人的“修仙”路，她们也是在各种摸爬滚打中才逐渐形成自己的风格，变美其实是有套路的。

一、找到自己的穿衣榜样，踏出风格养成的第一步

找到适合自己的风格，有个最快速的办法，就是从模仿开始。

不要觉得模仿丢人，很多著名的时尚偶像都有自己的模仿对象。

艾里珊·钟（Alexa Chung）就曾经多次表示，简·伯金（Jane Birkin）的穿搭给了她很多灵感。她俩确实有很多搭配都很相近。

法国博主珍妮·达玛斯（Jeanne Damas），也把简·伯金视为自己的风格偶像，经常在自己的社交平台上发简·伯金的经典穿搭。

简·伯金，
很多人的风格榜样。

她的发型、穿衣风格，包括爱提菜篮子这点，都和简·伯金很像。

但艾里珊·钟和珍妮·达玛斯两人的风格又完全不同。

你想模仿的榜样，首先要是风格上你所喜欢、喜好和你相近的。爱穿裙子的如果找个爱穿裤子的当榜样，想必很为难吧。在这个前提下，这位榜样如果和你身材接近、肤色相似，参考起来就更不费力了。模仿并不意味着照搬，只是让你更快了解自己喜欢和适合什么，然后再结合自己的特点摸索调整。你也可以同时拥有多位穿衣榜样，从她们身上汲取不同的灵感。

二、了解自己的身材，与其忙着避短不如学会扬长

相对于自己的优点，大家显然更在意自己的缺点。所以无论我写多少针对不同体型怎么穿的专题，总有很多人说“还是要瘦”、“还是要高”、“身材好穿什么都好看”……

没有多少人是完美身材。就算是超模亚历桑德拉·安布罗休(Alessandra Ambrosio)，也曾面临腰身比较长、比例不够完美的批评。

奥利维亚·巴勒莫（Olivia Palermo）的泳装照被很多人说平板身材，不仅没有胸，腰还那么粗。但这并不妨碍她成为无数人的穿搭榜样。我刚当博主那两年写过很多分析她穿搭的专题，因为她的个子不算高，风格简约大方，加上和我同款的四肢细却“没有腰”，对我的参考性就很大。

我自己也是如此，很多刚刚知道我或者第一次见到我的人肯

定会觉得：她看起来也太普通了吧，凭什么能当时尚博主？

不到一米六的小个子，长相普通，身材普通，皮肤普通，不是富二代，也不是时尚专业出身，确实挺普通的。但也正是因为个子不高、身材不好，所以我一直努力研究怎么靠穿衣搭配扬长避短。恰恰因为我是普通女孩，大部分女生踩过的雷、走过的弯路，我都经历过。我知道普通女孩在爱美路上的开心和挣扎，知道大家在关心什么。我把这些经历、收获、痛苦，都毫无保留地分享出来。所以关注我的人，才会特别容易有共鸣。

每个人都有缺点，但每个人也都有自己的优点。与其想尽办法掩饰缺点，不如多发挥自己的优势，让优点成为亮点。

三、找到自己的核心单品，把有限的预算花在这里

假如你的衣柜只能留下十件单品，你会选择留下什么？

它们是你愿意反复穿，并且可以和其他单品搭配在一起的吗？

找出它们，这就是你的核心单品，也是最值得你投资的。

核心单品的确立能帮助我们找到自己的风格。

怎么找呢？先从整理衣橱下手。**那些你平时最常穿的单品，就是你的核心单品**。在不知不觉中，它们已经成了你个人风格的一部分。

还可以通过你喜欢的风格来确定核心单品。如果你想要奥黛丽·赫本（Audrey Hepburn）式的优雅，白衬衫配迷笛裙是必不可

少的。配饰也可以成为你的标志之一，杰奎琳·肯尼迪（Jacquelin Kennedy）的经典搭配中都少不了一副超大号墨镜。

核心单品的确立也可以把体型特点考虑进去。比如说上围丰满的人可以多尝试 V 领，大腿粗的人可以多穿裙子，小腿粗的人可以多穿迷笛裙。

核心单品就像一块画布，可以在上面添加不同的元素，尝试不同的搭配。

如果你的核心单品是 T 恤，不如明天上午就找出穿起来最舒服最自信的那件，以它为“画布”，再逐渐添加那些你平时不敢尝试的元素——套上一件小马甲，或者把常搭配的牛仔裤换成迷笛裙，也许你会发现一个新的自己!

找到核心单品后，我们就清楚应该把有限的预算花在哪里了。经常穿的单品一定不要凑合。**有时候流行和风格的差别就在于质感。**

那些质感和剪裁都好的核心单品，才是最值得我们投资的。也许买的时候有点肉痛，但以后每次穿都会是一次愉快的体验。

四、学会穿经典款中性色、在配色上做文章

每一季购置少量的流行单品，可以让自己的衣橱多一些新鲜感。但一味追着流行跑，很容易就会买很多下一季就后悔的衣服。

经典款之所以成为经典款，不是没有原因的。流行了一百多年的条纹衫就是一个很好的例子，过了这么多年依然经典。

比起这几年流行的繁复风，款式简洁的衣服更经得起时间的考验，也更耐看。

衣品的提高需要一个长期修炼的过程。但最快速见效的方法，就是多穿中性色。中性色的衣服饱和度低，单独看一件可能有点普通，搭配在一起质感就出来了。它对性别、年龄也没什么要求，谁都能穿。

中性色还有一大优点：如果选质感好的，把它搭在一起，容易穿出高级感，经典耐看。

如果觉得十年如一日地穿经典款中性色很闷，我的建议是：与其把钱花在追逐新款式上，不妨在配色上做文章。

比如人手一条的牛仔裤，搭白色上衣还挺常见的，换成红色上衣，顿时多了些复古感。蓝色衬衫配白裙子是清爽宜人，也可以试试搭配明亮的姜黄色半裙，复古又优雅。这样一来，不仅单品的利用率变高了，而且天天都像在穿新衣服。

学会驾驭颜色，你会发现自己凭空多了很多衣服！

五、穿让你觉得舒服的衣服，自在才能带来真正的自信

如果有些衣服穿上去别人说好看，但自己每次穿都觉得很不自在，还要穿吗？

不要。

再时髦的衣服，如果穿起来不舒服、不自在、不自信，我是不会穿的。能打造出自己的穿衣风格固然很好，但千万不要为了

刻意营造风格而穿一些自我感觉很差的衣服。

舒适比时髦更重要。

奥利维亚·巴勒莫曾经说过："我喜欢观察一个美丽的女人走在纽约街头的样子，感受那股自信。"而自信的前提，一定是那件衣服穿起来让我们觉得安心、满意和舒服。如果一件衣服穿起来不舒服，坐着也难受、站着也难受，行动都不自如，那它绝不可能带来自信。

至于"自己喜欢的未必是别人喜欢的"这个问题，肯定是优先选择自己喜欢。没有哪一种风格、哪一种搭配是所有人都喜欢的。审美这件事本来就非常私人。有人喜欢复古风，就一定会有人跳出来说"土"，而前者也许也受不了后者满身的流行单品。

介绍过很多穿衣榜样，无论是谁，评论里总会有人问："只有我一个人不喜欢这种风格吗？"当然不。再会穿的高手，也有人喜欢、有人不喜欢。而这恰恰是风格的要义。

真正的舒服才能带来自信。反过来，自信也会让你的风格更突出。

六、多尝试，才能找到更多可能性

还有一点，要勇于尝试。

多尝试能让我们挖掘出自己的更多面，哪怕已经形成了自己的风格，也可以时不时尝试一些不同的造型。

我以前常常陪朋友逛街，比如崔斯坦，有时发现一件衣服还蛮适合她的，问她要不要试试，她只看一眼就会直摇头，说"不行不行，这不适合我”。

我坚持让她试试。很多次，她都在镜子前说：“咦，竟然真的还不错。”后来崔斯坦告诉我，她每次出门被表扬的衣服，都是我坚持让她买的。从此我就成了她御用的“导购小姐”，免费的那种。

很多人都有乱穿衣的阶段，也有造型失败的时候。贝嫂曾经说过，有时候看以前的照片，回忆起当时的打扮，自己会哈哈大笑。但她并不觉得尴尬：“我并不把它们当成错误看待，我反而颂扬那些时刻。”穿衣服跟其他事情一样，不要太快将自己限定在某一种风格里，试得多了，才能知道什么是最适合自己的，什么是雷区。

面对没有试过的单品和搭配，先不要急着拒绝，不要给自己太多限制！多看、多试，才能找到更多可能性。你永远也不知道，还有什么你没有尝试过的东西，可以让你变得更美好。

真正时髦的穿衣法则

有次周末跟好朋友吃饭，她一见我就满脸嫌弃地说："你是有多不重视我，穿了个破 T 恤就来了。"还有一次出门被深八看到，他用恨铁不成钢的语气问道："穿成这样就出门了？你怎么说也是个博主啊。"崔斯坦更狠，她的常用句式是："见我时能化个妆（穿双高跟鞋 / 洗个头 / 穿得好看）吗，好歹我也是人啊"……

很多人以为时尚圈的人，即使是去买个菜也一定要全副武装打扮好才能出门。在这个圈子工作这么多年，我确实遇到过不少无论何时何地都一丝不苟、精致到脚趾头的人，可以在零下 18 度穿着吊带裙，为了风度不要温度。但**真正会穿的人，一定是舒适度和时髦度兼具的。**

有一个经常被用来形容时髦的最高境界的词是"毫不费力的时髦（effortless chic）"。乍一看好像是在说，有的人天生就是衣架子、好品位，所以很容易就时髦了。实际上是说，时髦其实可以不需要那么时刻用力。左看右看上看下看，那些真正的时装精们的时髦经都有一些共通的法则：

一、面对流行，不盲目跟从，但也不盲目拒绝

一个做代购的朋友跟我说，很奇怪，只要是热门的款式，永远处于缺货的状态；而那些冷门的款，再怎么推都无人问津，永远都卖不动。因为大家都爱追爆款。

只要你仔细观察就会发现，每过一阵子，大街小巷不少人都在背同一款包，穿同一双鞋。

有一年的巴黎时装周上，时尚圈里发生了一件大事：传统时尚网站与新兴时尚博主“互撕”。很多时尚博主被传统时尚编辑吐槽，说现在街拍已经变味了，很多街拍博主的穿搭已经不是个人品位的体现，而是挂满了品牌广告。

并不是说爆款一定不好。我的公众号定期会介绍新的流行趋势和一些很火的单品，很多东西会火起来自然有它的道理。但面对风一样的爆款，一定要谨慎判断，不要盲目跟风。

当你喜欢的博主和明星在力推某一件单品时，除了根据他们一贯的主张和审美来判断这是品牌合作行为还是真心推荐外，还要想想是不是真的适合自己。如果是真心喜欢，还可以把它穿出自己的风格，即使是爆款又何妨。

不盲目跟从，也不盲目拒绝。流行什么就穿什么的话，踩雷的几率一定很大，而且还会在衣柜里留下一柜子穿完一季就要丢弃的“快消品”。了解新的潮流，的确会让我们的穿衣变得更有趣。但关键是我们要分辨这些新潮流哪些是真正适合自己的。

风格的形成，不只关乎美、关乎个性，对于普通人来说，还有重要的一点：可以在买买买的时候更加稳准狠，少走弯路，不盲目跟风，看到一件衣服就知道适不适合自己。

二、穿衣高手从不拒绝基本款，但她们懂得如何改造它

那些经得起时间考验的时装精，身上穿的单品往往都是看似平淡无奇的基本款。她们有的衣服，很多我们衣柜里也有，而且她们穿得比我们还勤。甚至，很多时尚大片的造型都是用基本款打造出来的，法国版《Vogue》之前就拍过一组白衬衫专题。那些最普通的白T恤、白衬衫，远比你想象得时髦。

衣橱的“二八法则”很重要：把80%的预算拿来投资必备的基本款，用20%的钱去买流行款和特别款，会让你的衣橱有更大的发挥空间。

你可能会说，明明都是基本款，为什么穿在别人身上跟穿在我们身上差很远呢？原因就是她们通常会在配饰、配色、款式细节上下功夫。有时候一根腰带和一顶帽子，就能让全身看起来不一样；一条小丝巾，就可以让基本款变成限定款；把两件基本款衬衣叠穿，用配色制造层次，这样就一点都不“基本”了……

懂得如何改造基本款，也是时装精区别于我们普通人的一个特点。

三、适合自己，才是最重要的法则

我们常听到一种说法：人美身材好，披个麻袋也好看。事实

上，就像刚刚说到的，很多明星和博主的身材也并不完美——腿短、腰粗、五五身，这些凡人有的烦恼，她们同样也有。但她们比普通人厉害的一点是：知道什么适合自己，什么不适合自己。

比如时尚插画师珍妮·沃尔顿（Jenny Walton）接受采访时讲过，因为个子偏小，以前也会为自己再也长不高而沮丧，但她转念一想，自己的下巴、脖子和锁骨很美啊，露出来就很好看。所以她总是把头发扎起来，露出脖颈，再搭配她买的各种复古耳环，这反而变成了她的个人特色。

还有一些时装精穿衣服，有种浑然天成感，就像这件衣服是专门为她们定制的一样。同一件衣服，换个人穿，就可能完全穿不出那种味道了。这是因为除了身材，也要和自己的气质相搭配，要穿得像你自己。比如《欲望都市》（*Sex and the City*）里的萨曼莎·琼斯（Samantha Jones），她爱穿得性感热烈，就像她的性格一样。

不少人热衷于买明星同款、偶像同款，在购物网站上搜一搜"同款"就随意下单了。这样盲目跟风入手的衣服，穿在人家身上是"卖家秀"，穿在我们身上很可能就是"买家秀"效果了。并不是我们不够好看，而是不适合。

清楚自己的身材和气质，才能早日塑造属于自己的风格。

四、不拒绝走进任何一家小店，有空试试逛逛古着店

我是个很爱逛街的人。尤其爱逛各种各样的小店，还淘到不

少好东西。

有些人喜欢去大购物商场，买东西总是要认准某个牌子，这固然比较省事，但会失去很多乐趣，也会错失不少好东西！

七十多岁的时尚造型师琳达·罗丁（Linda Rodin），她完全可以消费得起昂贵的高级时装，却偏爱牛仔单品。她从5岁开始就已经是一个牛仔粉了，喜欢各种各样的牛仔单品——尤其是那些复古款的。她总是强调："牛仔永远是完美的。"我的女神凯特·摩丝（Kate Moss）也很爱古着，虽然她备受大牌青睐，但很少通身都是大牌。

在别人看不到的小地方也能寻到宝，才是购物最有乐趣的地方。而且，很多淘来的小物件还可能是这个世界上独一无二的孤品，不会有人和你撞衫、撞款，这种感觉是不是很好？

五、别太在意时髦这件事，才是真正时髦的态度

最后，不必太在意时髦这件事。

虽然我每天都在写关于穿搭变美的心得，这是我的兴趣也是我的职业，我希望通过这种分享和传播，能够帮助很多爱美的女孩快速找到"方法论"，慢慢形成自己对穿衣搭配的兴趣和对审美的认知。

但真正的时髦是一种生活态度。穿衣打扮是为了让自己开心、舒服、自信，而不是为了吸引别人的眼球，获得别人的认可。不需要费尽全力，不需要从头到脚都写着"时髦"两个字。真正的

时尚偶像，她们的穿搭也不见得是先声夺人的时髦，而是经得起时间考验的耐看。

年轻时的凯特·摩丝是公认的简约时髦（easy chic）的代表，你永远不会看到她全身上下都是大牌、爆款，你总会觉得她的头发好像太乱了，鞋子好像和衣服不够搭……但就是这些“不够完美”，让她有一种与众不同的气质和魅力。

现在备受推崇的法式风格也是一样。法国女人们的美并不完全来自穿衣打扮的功力，更多的是在于她们气质里的那种自然、舒展和自信。

懒人配色法则

明明一柜子衣服，出门前或者关键时刻却总是觉得没有衣服穿。你是不是也有同款烦恼？其实，一旦学会配色，基本上就能解决 80% 以上的日常穿衣烦恼。

配色是一门大学问，光是区分冷暖系的教程就有很多。但说实话，我几乎不看那些理论，也建议大家不必过分迷信。穿衣搭配是一件好玩的、取悦自己的事情，看再多理论也不如自己多试试看。不过，掌握一些配色法则，可以避免走很多弯路。我根据自己的经验，总结出了懒人都能学会的八条颜色搭配法则：

用白色做过渡色

很多人因为觉得白色显胖，所以很怕穿白色。实际上，白色是“万金油”，和什么颜色都可以搭配，比起黑色，还不会让全身显得沉闷。所以，当你觉得某几个颜色搭配在一起有点怪怪的，或自己很难驾驭时，别忘了用万能的白色来改变这尴尬的局面。

亮色撞色时，如果觉得视觉冲击太过强烈，用白色来过渡看上去会更清新；浅色系搭配在一起可能会老气，而白色会为其增添一丝优雅，比如很难驾驭的粉色；蓝白配作为打底会让人眼前一亮，且可以搭配任何颜色的外套。秋冬季节，全身的暗色容易显得毫无生气，白色会让整个搭配不再暗淡无光；还有一些容易显得肤色暗沉的上衣颜色，诸如大地色、军绿色等，可以用白色内搭来衬肤色。

用一点红叫醒全身

热情的红色可以让一身的沉闷瞬间无影无踪，尤其是在秋冬季节。记住，只要一点红画龙点睛就好，一大片红有可能适得其反。红色小物，诸如红色包包、鞋子、帽子等都有点亮全身的功效。

红色包包很百搭，也最容易给衣服增色；红丝巾或红围巾既保暖又好看；红鞋子对于全身造型也有点亮作用；大红唇很容易显出好气色，与红色高跟鞋搭配，女人味翻倍。

撞色搭配时全身最好不要超过三个亮色

如果对颜色的运用还没到炉火纯青的地步，那全身最好不要超过三个亮色，否则很容易让人眼花缭乱。颜色多还想穿得好看，可以使用色调大致相同的亮色，并且以很小的面积来点缀。如果穿搭水平有限，还是先从最简单的两种亮色碰撞学起。

同色调撞色解决搭配烦恼

我说的是同色调，而不是同色，比如马卡龙色系、复古色系或者饱和度高的亮色系等等。同一色调的颜色中，无论是近似色还是反差度大的颜色，搭配在一起都不容易出错，因为色调相同风格大多一致。

可以尝试将复古色调的绿色、红色和棕色搭配在一起，颜色丰富又不失协调。就算是大面积对比色，如果都是复古色调，撞起色来也和谐养眼。

试试同色系的深浅搭配

如果你对配色还处在“小心翼翼”的阶段，担心撞色玩过了火，又不愿意每天重复黑白配、黑灰配、蓝白配这些常见配色，不妨试试同色系的深浅搭配。同一色系的深浅色组合在一起，不显突兀，还很容易穿出高级感，各种色系的深浅色都可以试着搭一搭。

深蓝搭配浅蓝很常见，深浅不一很有层次感；秋冬常见的大地色，深深浅浅搭配在一起很有秋意；灰色和绿色、豆沙色和酒红色也都不错。用一条围巾也可以达到深浅搭配的效果。在同色调基础上可以试试玩点别的颜色，比如黄色，只要面积小，都会成为很好的点缀。

换季整理衣柜时，可以把平时那些头疼不知道怎么搭配的衣服按照同色系搭配的原则都搭在一起试试，说不定会有意外惊喜。

二八法则

在配色上，除了考虑颜色的选择外，两个颜色之间的比例也很重要。“二八法则”在各组配色中都很实用，比常见的五五分好看很多。

经典黑白配就很适合二八法则，容易脏的白色可以只用两分，但却是全身的重点。不只黑白，很多配色组合都可以用“二八法则”。尤其是在饱和度高或对比度大的色彩组合中，以一个颜色为主，另一个为点缀，突出个性，又不会喧宾夺主。亮色搭配也适用二八法则，比起五五分，它们更容易让人印象深刻。可以尝试大面积的蓝色撞色小面积的荧光绿耳环和包包。

复杂图案选一个色呼应

繁复的印花、几何图案的衣服本身可能很好看，但是和其他衣物搭配就是个问题了。最简单的办法是选这些图案中的一个颜色来与图案呼应，整体感会更强，还有可能让别人误以为这本身就是一套。

除了黑白灰，红黄蓝也很万能

在挑选亮色衣物时，若是快被五颜六色整得头晕眼花，不妨考虑红黄蓝三原色。以它们为基础可以调出所有的颜色，因此比起其他颜色，三原色搭配的空间更大。尤其是在选择配件时，红黄蓝的绝对比其他颜色的好搭配。

红色画龙点睛的作用前面说过了，黄色不仅可以让沉闷的穿搭活力四射，还能混搭诸如橙色等亮色；蓝色可以搭配各种中性色，搭配绿色尤其好看。

当然，这些法则并不能涵盖所有配色的规律。但对于懒人来说，用好这几个方法，在日常穿搭中就已经可以玩出很多不同花样了。

低预算穿出好气质

开头就拿我惨痛的教训说过：职场是个“看脸”的地方，能力固然重要，但穿着能很大程度影响别人对我们的第一印象。那么，职场到底怎么穿？无论每个公司的着装有什么不同要求，得体大方的打扮，都更容易让人第一印象产生信任感。

可能有人会说：“道理我都懂啊，我也想穿得更大方更有气质，奈何刚工作预算有限……”

我建议大家尽量在能力范围内买品质好的衣服，但这不意味着预算有限就没办法穿出好质感。选对衣服的款式和颜色，再在妆发上做一些改变，同样的预算，也能实现气质提升。

投资简洁大方的款式

预算有限又想迅速提升气场，款式简单的更容易做到，利用率和搭配空间也会更大。 倘若有两件衬衫摆在你的面前，预算有限时，最好选设计更简洁的那一件，可搭配的下装更多。下装也是如此，没有多余装饰的牛仔 A 字裙会比设计繁复的蛋糕裙利用率更高。

预算有限时，选衣服更要“合身”

这里说的合身不是指版型是松是紧、是短是长，而是指细节。比如袖长太长的衬衫会让人显得不够干练；西服裤腿太长也容易看起来邋遢；紧身露腰的衣服固然看起来很“潮”，但穿着它去谈公务显然是不合适的……抛开风格不谈，即使衣服很贵，太紧身或太宽松了，对质感和自身气质的要求也会更高。

同等预算下，优先选择中性色、莫兰迪色

预算充足的情况下，我建议大家衣柜里什么颜色的衣服都应该有一件；但如果预算有限，还是优先选中性色和低饱和度的莫兰迪色。

我是个对颜色包容度很强的人，并不觉得哪个颜色就是俗气，哪个颜色就是高级，但不同颜色确实有不同的气质。亮色、马卡龙色会更热情甜美一些，中性色、莫兰迪色则更低调含蓄，所以才有人把它们称为“有钱色”。

同等预算下，颜色鲜亮的衣服更考验气质，也较难穿出质感。总被称赞“有气质”的人，大多偏爱中性色。如果觉得黑白灰有些无聊，莫兰迪色值得一试。莫兰迪色最大的特点是色彩带点灰调，看起来更低调温柔。在你还没学会游刃有余地驾驭亮色系，也没有足够的预算尝试各种颜色的前提下，不如选中性色，气场更强，还不容易过时。

买一对有跟的鞋

鞋子是定义风格的关键。职场“小白”想要完成蜕变，第一步都是先脱下无论穿什么都不换的球鞋和布鞋。不是说球鞋和布鞋不好，它们穿对了也很时髦。但很多职场新人任何场合、任何衣服都是以一双球鞋或布鞋对付，在职场上就显得不够专业了。

相比平底鞋，有跟的鞋子让你变得更挺拔，也更自信。而且，带点跟的鞋搭配空间也更大，像阔腿裤这些宽松的下装，搭配有跟的鞋更能穿出气场。所以，预算有限的前提下，先投资一双有跟的鞋子。职场上最好选择 3 厘米至 6 厘米的中跟鞋，太高和太低都不够得体。

鞋子也要追求少而精。跟衣服一样，最好也是选简单经典的款式。如果是着装要求特别严格的公司，是不能露脚趾脚背的；对着装规范没那么严格的公司，可以露露脚背，但也不建议露脚趾。

鞋跟不需要太高，舒适度也很重要，不然可能穿一次就闲置了。如果还不习惯穿高跟鞋，可以从容易驾驭的中粗跟开始。

材质上，牛皮的鞋比麂皮的更耐穿，也比较好打理。

预算再有限，也要投资配饰

预算再有限，也需要投资几件配饰，不妨把买潮流款衣服的钱省在这里。

无论什么搭配，没有配饰的加持，整体都有些寡淡。而一对耳环、一条珍珠项链，或是一只有质感的包包，都能成为提升气质的关键。

如果没有很强的搭配功力，建议配饰还是从小入手。小的配饰既能点睛，又不会过于夸张，搭什么衣服都不违和。我很喜欢夸张的大配饰，但如果全身的穿搭质感都比较普通，配上夸张配饰会显得更廉价。如果从利用率和显气质的角度来说，一对精致的耳钉，一条可以天天戴的锁骨链或小手链，更能提升全身的质感。

如果只买一件配饰，那我会毫不犹豫地选择手表。所有手表里，我最推荐的是款式简约的金色钢表或者皮质钢表，搭配休闲装、职业装或是晚礼服都很衬气质。

还有包包，廓形明显的包会比没有轮廓的包更“显贵”；小体积的包会比大体积的包更提升精致度。预算有限的情况下，买包须谨慎。我个人更建议买得少而精，不需要多，但一定要有一款质感好的包包。不一定非得买大牌，但要看起来皮质好、简单大方。

换一款适合自己的发型

找到一个适合自己的发型，整体气质能提升很多。至于具体应该换什么发型，每个人情况都不同，最好根据自己的脸型选清爽、明快型的发型。

有一点值得注意：头发紧贴着头皮，看起来会有点泄气。所以，别偷懒，头发油了就洗个头再出门吧。我每次不洗头的时候，整个人自信心都少了三分，不管做什么事情、穿什么衣服，也总感觉少了几分精气神。如果再有时间，稍微用卷发棒垫一下发根，偷偷增高颅顶，哈哈。

预算有限的姑娘尽量少烫染，一是比较费钱，二是经常烫染会伤头发，受伤后的发质修复起来很麻烦。

想拥有一头秀发，有时候比起花钱，更需要花的是时间和精力，平时花点时间养发、护发。

学会画个淡妆

学会画个淡妆，对于职场新人来说，是简单快速提升精致度的要点。穿得再好看，如果面色憔悴，又是素颜，整体造型也会大打折扣。

实在没时间化妆，哪怕只涂个口红也好，或者画画眉，都会很大程度地改善气色。

总有人说很多颜色的衣服都不适合自己。其实，只要画个淡妆，看起来精气神好了，还怕驾驭不住这些衣服吗？妆容不要太夸张，不要用力过猛，太过用力反而会减弱你的气质。当然，皮肤管理也很重要。皮肤状态好了，化起妆来更省力气，气色也会更好。脸上的皮肤状态或多或少还能反映我们的身体状况。

氛围感这个玄学

每次写变美进化史，常常看到两种说法：一是说杂志和照片上，很多人穿基本款好看高级，是因为有环境和滤镜加持，失去这些加持的话，也会变成路人；二是红气养人，人红了就会变好看。

听起来有点玄，其实是有一定道理的。第一种就是我们常说的氛围感。而第二个，细分出来，对应的其实就是体态和状态。

“路人感”对应的往往是“低能量”，姿态比较内敛害羞，感觉要把自己藏起来，看起来不够自信。而体态挺拔的人可以一下子就脱颖而出，能量场也是向外的，你的注意力不自觉就会被吸引过去。

松弛则是更高阶的要求，这样，哪怕衣服很简单，整个人看起来也是“又美又舒服”的。

从这个角度看，说红气能养人也是没错的。因为很多人在红了以后自信和底气增加，精神头十足，元气充沛，看起来更有光芒。普通人没有红不红这一说，但一旦对自我认可度变高、信心增强，同样会在外在状态上显示出来。

开发衣柜的潜力

很多时候，我们总觉得没衣服穿，并不是因为真的没衣服，而是因为没有提高衣服的利用率，也就是说没有好好开发自己衣柜的潜力。

下面来说说怎么提升衣柜利用率，希望能让大家在“买买买”时做到更加稳、准、狠。

基本款，你真的会买吗?

要想开发出衣柜的潜力，首先，你的衣柜得是“潜力股”。如果衣柜里塞满那些让你拿起又放下的衣服，那么有再多衣服也是徒劳。所以，还得从买抓起，学会投资自己的衣柜。

我一直建议大家按二八法则或者 70% 基本款和 30% 个性款的预算来投资衣柜。基本款百搭、不容易过时、不容易出错等特点，能够大大提高衣柜的利用率。

但问题来了，基本款你真的买对了吗?

对我来说，白衬衫、条纹衫、铅笔裤、短裤这些都是很适合我身材的基本款，不知道穿什么的时候，我可能就随便抓起一件基本款往身上套，总不会错到哪里去。但每个人的身材、偏好、职业都不一样，适合我的基本款未必适合你。所以，首先要构筑属于自己的基本款衣柜：

如果你是在事业单位上班，那你的基本款可能是衬衣西裤这些；如果从事创意行业，你的基本款就可能是 T 恤皮衣等。

身材也是一个重要的考量因素。偶尔会有人问我，买了我同款的某件外套或裙子，为什么穿起来不是和我一样的感觉。这很正常，因为每个人身材气质不同，一样的基本款单品穿起来也不同。

基本款单品的优点在于百搭。因为它“基本”，所以看起来大同小异，但个中分别还是很大，这些差别就体现在细节上：领口、面料和廓形。不同身型选择不同廓型的大衣，才有助于扬长避短；同样是牛仔裤，也有高腰、中腰、低腰之分，口袋大小、位置也有所不同，一定要根据自己的体型选购。

还有一点说多少次都不为过：尽量买质感好的。

我们在买“战袍”之类的“大件”时，往往很舍得掏钱。但一遇到基本款，往往就舍不得花那么多钱了。“T 恤衬衫那些看起来也没什么不同啊，反正都是基本款。”

我以前也是这样，看看样式差不多，价格也不贵就买了。后来发现，很多衣服没穿几次就领口松了、黄了、变形了，或者是穿起来不透气，只好闲置。满柜子基本款，穿得多的总是那几件。现在买衣服谨慎多了，小到一件条纹衫，也会多了解、比较一下再决定。买风衣、机车皮衣这类要穿很多年的单品，就更得精挑细选。

便宜难道没有好货吗？贵难道就代表好吗？未必。但是，大多数人都没有那么多时间、精力和专业性去淘既便宜又品质好的东西。相对来说，贵的单品质感好的概率更高。

尤其是当我们的风格、品位趋于稳定，还不如一次性多花点钱买一件好的才会越穿越有“感觉”，而不会穿一两次就穿不了，或者让你提不起兴趣穿了。

面料要选质感好且舒适的，像羊绒、真丝、三醋酸这些。

风格要选让自己觉得舒服自信的。无论是身材上还是心理上，驾驭不了的衣服穿上身只会让自己浑身不舒服。

找个好裁缝

一个好裁缝也是日常生活的刚需之一。不夸张地说，我买回来的衣服，有大概四分之一都是要改过才能穿的，改衣服对于我来说已经成了家常便饭。

我们大部分人都不是标准身材，而衣服码数的划分大多很“粗放”，多多少少都有点地方不合身。很多时候，我们买到的衣服就算稍微宽一点、长一点，也都凑合穿了。但我觉得细节很重要，想把普通的衣服穿出大牌感，合身很关键。尤其是棱角比较分明的衣服，比如小西装、风衣等，如果不合身，穿着效果真的会差很多。不合身的衣服不仅会显得整个人无精打采，还不好搭配，穿个一两次就让你再也不想穿，这样一来，也就谈不上提高衣柜的利用率了。

很多衣服都不可能百分百贴合自己的身材，除非专门定制。但没关系，一个好的裁缝，可以化腐朽为神奇！

还有一点，一个好的裁缝，可以把不是我码数的衣服改成我想要的样子。之前买了一件连体裤，若是买我的尺码（加小）就太紧了，于是我买了大码，改了一下腰身，就成了我一直在找的样子。

好的裁缝还可以通过一些细节的改动，让衣柜里的单品苏醒。如果你已经有了一条阔腿裤，完全可以把它利用起来，在上面钉几粒扣子，将它变成一条水手裤。自从发现了裁缝的妙用，我就常常有一些突发奇想，把一些本来要扔的衣服拿给裁缝试试新的可能性，比如衣服后背挖个洞、把裙子剪短、把长袖改成吊带……其中有成功也有失败，但大部分都是成功的。当然，好裁缝不容易遇到，需要用心去发现。

定期整理

长期疏于打理的衣柜不仅会影响你的心情，还会大大延长找衣服的时间。很多衣服因为长时间被埋没在衣柜里，干脆被你抛诸脑后。新一轮的“剁手”就不可避免了。

所以，最好每隔一段时间就整理一次衣柜。那些不合身又没有办法修改的衣服，以及已经过时的、有污渍或磨损的衣服，也应该清理掉。腾出地方，给那些自己经常穿的、喜欢的衣服，而不要让不适合自己的衣服遮住其他衣服的光辉，让你误以为自己没有衣服穿。

一个有秩序的衣柜反而能给我们节约不少时间——找衣服和搭配的时间，还能给我们省钱——省得老是买一些重复的单品。

自己喜欢的衣服整齐有序地摆在衣柜里，不仅赏心悦目，还能让你产生很多造型灵感，衣服的利用率自然而然就提高了。所以，在抱怨没衣服穿之前，先好好整理一下衣柜吧。

保养好衣物

好多人说，保养衣物太麻烦了，包包和衣服买来就是用的，干吗要这么小心翼翼地伺候它们?

是啊，包包衣服不论多贵，我都不主张把它们高高供起来，只有多使用才能最大程度地发挥它们的价值。但，物尽其用和好好保养，完全不矛盾。使用的时候多用点心，多点呵护，才能延长衣物的使用寿命，提高衣柜的整体利用率。

这早已经不是贵不贵的问题了。衣柜里的很多衣服都是我们当初精挑细选买来的，本来值得好好爱护。坏了就买新的固然轻松，但有些心头好或者只此一件的孤品，坏了就再难找到同款了，也会令人觉得很懊恼吧。

不要笑，保持稳定的体型也很有必要

保持体型有多重要，很多人应该都有切身体会，而且是很痛的领悟。

去年还很合身的衣服，今年就穿不上了，即使衣柜再大，也提升不了利用率。

当然，我说的保持稳定的体型，并不是说要一味地瘦。

一副稳定的身材，不仅可以解决很多穿衣难题，也更加健康。只要能维持身形，有些单品能从二十岁穿到五十岁，甚至七十岁。这么看，健身真是一笔很划算的投资呢！

修炼你的体态

常常看到一种说法：气质这种东西是天生的。这句话嘛，我并不同意。气质并不是那么玄的东西。先天条件固然有一定的分别，但气质的提升，是可以自己后天由内到外修炼而成的。

不知道大家有没有观察过，那些气质超群的人，有一个共同点就是：体态好。

这是气质最外在的表现。

一些改善体态的方法论：

不论身高几何，都站笔直

我们从小就被唠叨着要抬头、挺胸、收腹，那时候嫌啰唆，现在才知道，这完全是真理好吗。

“世界小姐”张梓琳被称为“合影杀手”，各路女神女王们只要一跟她合照，都会气场归零。除了有着 1.82 米的绝对身高优势，站姿也是很重要的原因。

站如松的要诀是：抬头、挺胸、脖子伸直、肩膀打开、腰不能塌、收腹、腿站直，感觉自己从脚到头顶有一股气提住就对了。站的时候，用腿的内侧发力，还可以改善腿型。

收腹也是站姿的重点。如果你能练出漂亮的马甲线，就可以肆无忌惮地用腹肌秒杀全场，但如果你还无法摆脱肚子上的小赘肉，就请一定时刻收住你的肚子。

抬头挺胸的同时还要注意放松肩膀，这样整个姿态才会自然不刻意。

不是走秀，走路也保持姿态优美

不仅站要站直，走路时也要注意保持身体呈一条直线。

《欲望都市》中凯莉·布雷萧（Carrie Bradshaw）的扮演者莎拉·杰西卡·帕克（Sarah Jessica Parker），身高 1.6 米，还是大胸，但她看起来却一点都不像“哈比人”。很重要的一点，就是她体态很好。她连走路都是从头顶到脚呈一条笔直的线，实力演绎什么叫作“走路带风”。

走路的姿势很能体现一个人的精神状态。一个人是意气风发还是精神萎靡，看走路的样子就知道了。我常常一累或心情不好，就会像伤兵一样拖着脚走路。

走路时身体保持一条直线，听起来很累，其实也是习惯了就好。要诀和站直差不多：收腹挺胸、腰要直、眼睛平视前方、尽量走直线。

迈太小步很小气，迈太大步又太粗犷。所以，步伐间的距离最好为一个半的脚掌长度为宜，但具体要根据身高来调整。膝盖朝向正前方。

走路的时候，肩膀不要抖，手也不要甩得太厉害。总之，上半身尽量不动，动下半身就好了（臀部使力）。

最好是脚后跟先着地，这个小习惯，可以让你穿高跟鞋时更轻松舒服，穿平底鞋时防止小腿变粗。

以及，不要驼背！不要驼背！不要驼背！

友情提醒，错误的走路姿势不只影响美感，长久下来还会影响腿型。好好走路，就是懒人的健身塑形法。

除了家里的沙发，再没有可以瘫坐的地方

米兰达·可儿（Miranda Kerr），几乎在所有的公开场合中都做到了“坐如钟”，身上的每块肌肉都在“战斗 ”。即使是轻松活泼的采访，她也不会瘫坐 。偶尔会靠一下椅背，但腰依然是直的。

坐如钟的要诀也是抬头、挺胸、收腹，同时腰一定要直。坐比站着和走路更容易腰部放松，最好时刻提醒自己把腰挺直。

除了保持标准坐姿外，只坐椅子的三分之一或前一半也会让整体看起来更优雅。

这样坐累不累？一开始肯定是累的，但好习惯一旦养成，就不累了，而且还有利于塑造翘臀，对于上班族和我等码字党来说，一定要学会这招，切记切记。

坐下来还有一点一定要注意：不要抖腿！那实在太毁气场了。

不要跷二郎腿！不要跷二郎腿！

我猜此时肯定有不少小伙伴在跷着腿看这本书，快放下吧。

不得不说，跷二郎腿坐着真的很舒服。因为它可以缓解下肢的肌肉群，放松小腿。

姿势专家史蒂文·韦尼格（Steven Weiniger）博士解释过："当你跷二郎腿时，说明你正试图减轻各种形式的不适。"大多数时候，我们无意识地跷二郎腿，都是为了调整自己的重心，让自己坐起来更稳。

但是，为了健康，还是赶紧放下你的二郎腿！

你们也许不知道吧，跷二郎腿是脸变大的元凶之一。而且它影响的可不只脸，还有脊椎、骨盆、腿等等。无论怎么跷二郎腿，被压的那条腿都会多受一个压力。力的作用是相互的，跷着的那条腿后部同样被挤压，让腿型变丑不说，还会导致浮肿或下肢静脉曲张，因为腿被压迫的静脉回流受阻，影响到血液循环。跷二郎腿还很可能会让股骨头内旋，往里面弯进去，而大腿根则慢慢往外凸出，导致假胯宽。

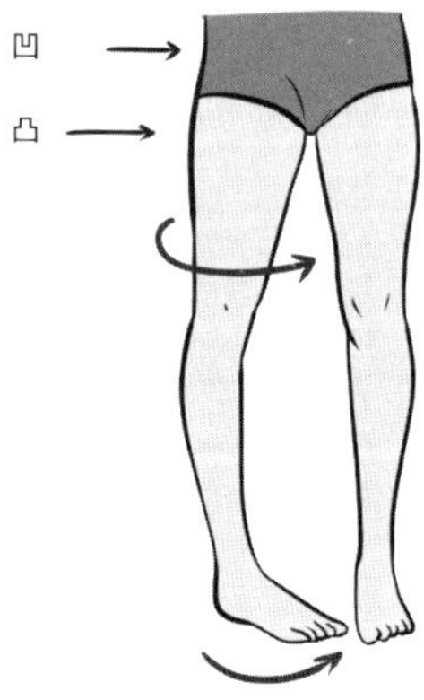

更严重的是影响健康。比如骨盆侧倾，就是髋关节和骨盆慢慢歪斜，从而变得不对称的结果。而骨盆和脊柱相连，所以长期跷二郎腿有可能引起脊柱侧弯。

跷二郎腿的时候，脊柱左右受力不均，旁边的软组织失去平衡，长期下来脊柱容易变形。严重的话还可能导致背部肌肉劳损，反馈到身体上就是背痛了。

那么，要怎样才能改掉跷二郎腿的坏习惯?

最有用的是：在脚下垫东西。还可以试试在腿上放一个东西，像抱枕、书本之类的。亲测，抱枕舒服又轻巧，放在腿上就不会想跷了。

还可以试试在膝盖中间夹张白纸或笔，不过这么坐下半身绷得有点紧，坐久了很累。

贴墙站，体态问题的万金油

研究了大量诸如弯腰驼背、脖子前倾、骨盆前倾等体态问题后，我发现所有这些坏体态，几乎都可以通过贴墙站来解决。

因为当我们贴墙站的时候，从头到脚呈一条直线，身姿变得挺拔，背不会驼了，肩膀不会耸了，头也不会前倾了。贴墙站还有助于拉伸颈椎，缓解疼痛。还有的人有骨盆前倾的问题，通过贴墙站也能纠正。

大家可以先对照排查一下，如果你有以下症状中的一条，我觉得你都可以试试贴墙站。

1. 驼背

2. 富贵包

3. 脖子前倾

4. 骨盆前倾

5. 办公室久坐族，每天伏案工作八小时以上

6. 低头族，一天低头玩手机N小时

……

贴墙站不挑时间，不挑地点。不需要去健身房，只要有面墙，花上几分钟，就可以完成一次“健身”了。

至于贴墙站的所有要点，我都放在这张图里啦。保证五个地方贴墙：后脑勺、肩胛骨、臀部、小腿肚和脚后跟。

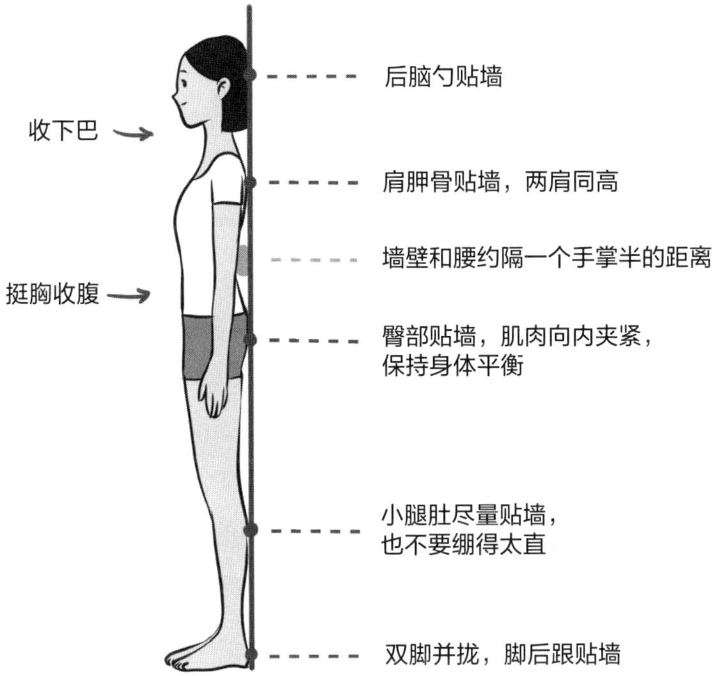
收下巴
挺胸收腹
后脑勺贴墙
肩胛骨贴墙，两肩同高
墙壁和腰约隔一个手掌半的距离
臀部贴墙，肌肉向内夹紧，
保持身体平衡
小腿肚尽量贴墙，
也不要绷得太直
双脚并拢，脚后跟贴墙

贴墙站

那些影响你时髦度的细节

形象是一个系统工程。潮流一直变来变去，时尚法则时不时就被打破。唯一不变的是：细节是魔鬼。就算穿得再好看再时髦，一旦忽略这些细节，也会一秒钟破功。

1. 围巾和西装袖口的标签要拆掉

围巾标签到底要不要剪？答案是：要要要。就算再多博主晒围巾标签，也不用怀疑这一点。你们观察一下，大部分围巾标签都刻意订得很松，就是方便大家剪下来。我还记得之前有个做奢侈品鉴定的朋友跟我说过，如果买的大牌围巾上标签缝得很死，十有八九都是假货。标签的走线与围巾封边的走线并不是同一根，一般标签都只是固定了四个角，用修眉的小剪刀轻轻一下就能拆下来。

跟围巾的标签同理，男士们穿西装的时候记得剪掉西装袖口的标签。

2. 别忘了撕掉鞋底的标签

另一个是鞋底的标签。走在路上留意观察一下就会知道，很多人都没有把鞋底的标签撕掉，日子久了，标签不是白花花的，而是脏兮兮的，再美的鞋子也大打折扣。

形象是个系统工程。

3. 不要露出内衣的勒痕

内衣在衣服上勒出明显的印子，也会让你一秒钟破功。不只夏装有这个问题，冬装也一样。这种时候，检查一下自己的内衣吧，要么是尺码不对，要么就是内衣穿旧变形了。内裤也同理。

4. 不要露出内裤

任何内裤都不应该以任何形式露在外面。广告上内裤边边露在外面的画面再美，都不要学。

5. 衣服上掉满头皮屑

冬天坐地铁时，真的看到很多这样的画面，尤其是穿深色衣服的时候。每次都好想上去帮他们拍拍啊。怕被人揍，忍住了。

6. 头发有异味

不光是头发，穿再贵的衣服也比不上干净整洁。

7. 指甲油掉色，指甲缝不干净

涂指甲油当然是为了美。但指甲油容易掉色，且一旦指甲长长，就变得有一截没一截的。毕竟我们不可能天天上美甲店，所以这个细节很容易被忽视。如果要涂指甲油，就一定要勤于打理。还有留长指甲，很容易有脏东西藏在指甲缝里。所以我自己平时都剪得短短的。

8. 吃饭不要吧唧嘴，坐下来不要抖腿

简单有效的变美小动作

有一次整理手机相册，突然看到几年前的一张照片，跟现在一比，发现我还是挺拔了很多，就拼了一组对比图（见下页），结果大部分留言都让我赶紧说说是怎么瘦下来的。我专门去查了之前的记录，发现其实体重没什么变化。之所以看起来瘦了很多，主要是整个人变得更紧致，也比之前轻盈舒展了。

总结了这几年给我带来明显变化的“变美小动作”。除了拍照进步以及偶尔尝试针对性的医美外，还有一些生活小习惯，长期坚持下来还是看得到效果的：

身材的保持

1. 戒宵夜

我的体重长期保持在 85 斤上下，非常稳定。但 2020 年底，因为宅在家隔离了一段时间，吃得多动得少，突然胖了十多斤。暴胖和暴瘦其实都不好。十多斤肉放在我这种小个身子上很明显，因为缺乏运动，脂肪堆积在腰腹和后背，整个人都变肿了。

而让我胖十多斤的元凶，就是宵夜。我以前真的不怎么点宵夜，但宅在家的那段时间，被我弟拉着每天吃，我们俩都胖了十多斤。

85 斤 VS 85 斤

决定控制体重后，我坚决把宵夜戒掉了。吃宵夜最大的坏处其实不是变胖，而是那么晚吃东西，消化不了会影响睡眠。如果吃得比较咸（因为我特别喜欢吃螺蛳粉）会喝很多水，第二天脸还很肿。

2. 减少碳水摄入

虽然我不怎么爱吃零食，但我是个碳水狂魔，特别喜欢吃面条、米饭、大米粥，甚至可以就着酱油吃完一碗面。有段时间彻底戒了碳水，没多久就虚得手抖。后来不再那么极端，只是适量地减少碳水摄入，早餐以小米粥代替大米粥，晚餐基本就用玉米代替米饭。

3. 少油少盐

熟悉的朋友都知道我口味很重，因为以前经常在外面吃，火锅、肥肠、小龙虾……无辣不欢，全都重油重盐，吃多了很容易肿和胖。从 2020 年开始，我做了一个小调整：除非出差，基本每顿饭都在家里解决。福建的饮食本来就很清淡，慢慢地我的口味也没那么重了。另一个重点是，在外面总是边跟别人边聊天边吃，一不小心就会吃很多，在家就能做到“不饿就不吃”。

4. 早起一杯温水

有一次采访周笔畅，她说自己起床后会做三件小事，其中一件就是喝水。我也有这个习惯，坚持了好些年。现在起来不喝一杯温水都觉得不舒服，感觉整个人都被唤醒了！

5. 不喝饮料，解渴全靠喝茶

在我为数不多比较好的生活习惯里，不怎么喝饮料算一个吧。我很少喝除了水和茶以外的东西。解渴基本靠喝茶，出差也自带茶叶茶具。工作室有很多奶茶爱好者，我也经常请他们喝，但自己喝得很少。我其实很爱冰可乐和咸柠七，但因为喝的次数有限，每次喝都觉得好开心！

6. 不怎么吃甜食

我吃甜品的次数屈指可数，吃的话也是尝一口就算了。一个是我本来也不怎么爱吃甜的（我觉得这可能是我给自己的洗脑），再一个就是吃完一定会立刻喝茶刮油。

喝茶到底能不能刮油，其实我也不知道，对我来说就是一个从小养成的生活习惯。但我觉得应该是有点用的，福建人和潮汕人里特别胖的好像不多，应该有一个原因是喝茶吧，哈哈。

7. 戒酒

我觉得整个人不肿了，最大的原因还是戒酒。

以前为了帮助入睡，我几乎每天睡前都要喝酒。后来发现喝酒表面上是让入睡更容易了，但其实会影响睡眠质量，还会导致水肿、发胖，于是在2020年彻底戒了。

很庆幸自己做了这个决定，喜欢现在清醒、清爽、轻盈的自己。

8. 饭后半小时内不坐下

我有一个特别爱美的妈妈。饭后半小时内绝不坐下这个习惯，就是被她影响的。

只是做了全职博主以后赶稿，经常一吃完就坐到电脑前，一坐就是好几个小时。之前有读者好心提醒我，盘腿坐着写稿腰会痛。我想说，不仅会痛，还会长“游泳圈”……

饭后不要立刻坐下，站起来，动一动，不一定能减多少肉，但至少不会让脂肪堆积得太多太快。

现在我写稿时都会定个闹钟，每个小时要起来走动一下。

9. 保持一定的步行量

宅家爆胖还有一个原因是活动量比较少。瘦到原来的体重差不多花了大半年时间。

并没有极端的减肥方法，总结起来还是四个字：少吃多动。

其实一解封我就恢复健身了，但一直都没瘦回去。真正瘦回去是 2021 年后恢复出差的那段时间。有次出差我打开了微信步数，发现每天不用专门去散步，都要走一万多步。

一定要动起来，哪怕是散步也好。在家的时候我也会每天遛一下狗，跟小福一起走 15 到 30 分钟。

10. 多做拉伸

我一开始做拉伸其实是因为肩背痛，不得不经常做一些拉伸动作（在教练的指导下找准发力点），结果发现拉伸完不但整个人放松了一些，长期来看，肩和背的线条也有改善。后来对比照片，还有读者夸我脖子变长了，其实和斜方肌变小有关系。

11. 能站着就不坐着

坐车、化妆、改稿，一不小心就会久坐，久坐的坏处好多，教练建议每隔半小时就起来走一走，但很难坚持。后来我干脆给自己定了个规矩：能站着的时候就不坐着。有段时间我都恨不得跟大家站着开会。

护肤护发

1. 整牙

说到脸上的变化，一定避不开整牙这个话题。

从 2016 年初开始，陆续戴了三年牙套，除了矫正咬合，它还给我带来了额外福利，就是让脸型变好看了，下巴后缩、凸嘴都有改善，下颌线也比之前清晰了一些（具体因人而异，但我自己是这样的)。咬合变好之后，牙齿也更健康了。最重要的是，我更喜欢笑了!

很多人关心“牙套脸”的问题，我也经历过这段时期，刚整完牙时感觉“牙套脸”真的很严重，好像脸型变丑了，不过我发现之后有慢慢变回自然。这也是我第二轮整牙最大的顾虑，虽然知道会恢复，但还是不得不经历这个过程。

2. 重视防晒

日常保养里，防晒最重要。所以我外拍一定会涂防晒霜，也会带防晒喷雾，定时补涂。还会同步做好物理防晒，随身带墨镜、阳伞、遮阳帽之类。

3. 定期敷面膜

我会定期到美容院做深层补水，自己在家每隔两三天敷一次面膜，这么多年从来没有断过。

4. 从不带妆睡觉

清洁、保湿和防晒是一切的基础。我从来没有不卸妆睡过觉，哪怕是喝多了或者很困只能睡两个小时，我也一定会把妆卸干净。

5. 把护肤当成一项长期工程

在保养这件事情上，我蛮感谢妈妈的。中学时满脸长包，自己又忍不住去抠，越来越惨不忍睹，有一段时间自卑得要死。她并没有像很多妈妈那样告诉我“读书好最重要，外表不重要”，而是毅然把我带到美容院，开了卡，每个星期送我去看医生、做面部护理（别人补习的时候)，把我脸上的痘痘治好了。

最值得投资且最不能省钱的单品，
我投白衬衣一票。

当时我的脸烂成那样，都没留下什么痘印疤痕，还从成长期的自卑中尽快走了出来。所以在护肤方面，我一向都很重视。

但皮肤变好不是一朝一夕的事。护肤是一项长期工程，调节好作息和饮食习惯，选对护肤品、日复一日地坚持保养，就会看到时间的魔力。

6. 每天涂身体乳

我还有个坚持多年的习惯，就是一年三百六十五天都涂身体乳，所以身上的皮肤比脸还白。

最开始养成这个习惯，是因为本身皮肤干，再加上得荨麻疹时用了有激素的药物，皮肤变得更干了，才坚持涂了好长一段时间。后来皮肤好转，非但不干了，还光滑细腻，也就养成了天天涂的习惯。

7. 每天梳梳头，轻松解压

无论去哪儿，我都会随身带一把梳子。如果突然要去荒岛，只能带三样东西，肯定会带梳子。

其实我以前并不爱梳头，因为头发又细又软，一梳就掉很多，经不起折腾啊。

后来去看医生，他说头皮的血液循环很重要，脱发、发质都和头皮有关系，建议我梳头和泡脚。搬家后，我每周都有泡两到三次澡，就没有另外泡脚了。但梳头这个习惯保留了下来。

有什么好处呢？以前我每次去理发店做造型，都会提“蓬松感”之类的需求，现在发型师都要帮我打薄。养发工程是不是还挺有成效的？

不光是养头发，梳头也是我一天中最放松惬意的时候！所以我几乎在每个地方都放了一把梳子，卧室、书房、洗手间、办公室……去机场路上累了梳一梳，稿子写不出来梳一梳，心烦气闷梳一梳，瞬间就获得放松和享受。

8. 守住发量

我以前是细细软软的油发，紧贴着头皮，看起来很没精神。经过几年认真护理，才拥有了一头蓬松乌黑的头发。除了认真清洁、选对产品外，还有几个小习惯，长期坚持下来还是很有用的：

1. 泡脚，改善头皮出油
2. 喝豆浆（这个要视个人身体情况而定）
3. 尽量不烫不染，不要长期扎头发
4. 洗完头用风筒吹干头皮部分
5. 定期做头皮清洁，用专门的头皮清洁洗发水
6. 不要在深夜洗头
7. 学会舒缓情绪，不要让自己长期处于高压状态
8. 保证睡眠，清淡饮食
9. 不要留太长的头发，太长的头发护理起来比较费时费力

9. 坚持练眼神

过年回家见到中学的老同学，他说你的眼睛怎么过了那么多

年都没变过，乌溜溜、亮晶晶。

这样的赞美听起来让人很开心。看来坚持多年练眼神的小习惯很值得。

做起来很简单，就是保持头部不动，眼睛望向远方，眼珠子左转三圈、右转三圈，循环二十次（或更多）。这个练习可以让眼睛黑白分明，灵动有神。据说以前梅兰芳也是用这个方法来练眼神的。

我平时都是见缝插针练的。有一次深夜坐在出租车后座转眼珠，司机从倒后镜看到以后颤着声问我：姑娘，你这是在干吗……你们想想这画面，哈哈。

怕坚持不了的，也可以定闹钟，让自己从电脑和手机屏幕前抬起头来，转转眼珠子看看远方。

我还有个非常老土的习惯：做眼保健操。一般在拍摄和化妆前做，经常被嘲笑，不过大家试过就知道，对缓解眼睛疲劳真的超有用。

10. 改变眉形

看以前的照片，我发现我这些年妆容的变化很大。尤其是眉形的调整，不夸张地说，直接提升了整个人的气质。眉毛真的很影响一个人的气质。我的眉距很近，显得五官局促。以前眉毛画得比较短、弯，因为本身眉尾垂，不好画。后来干脆把眉尾剃掉了，把眉毛画得英气点、长一点，看起来更大方，也可以修饰脸型。

我是建议女孩子都可以学点化妆的。就像知名化妆师唐毅老师说的，每个女孩子都应该有机会找到自己美的样子，找到自己对美的信心，让自己更爱自己。

11. 爱自己

工作室小伙伴说我拍照进步也挺大的，问我有没有什么心得要分享。一个是在这么多年和镜头的反复交战中，我找到了喜欢的几个姿势，可以反复用。另一个是我在镜头前也变得更放松了，没有那么在意每张照片里的自己看起来是不是好看，反而越能拍出好看的照片。

有次花了好长时间翻以前的相册，边看边发图给崔斯坦："怎么当时头发这么奇怪？"、"怎么这个眉毛化成这样？"……她嘲笑我说："可是当时你也觉得这样很美呢。"

哈哈，虽然现在看回以前的照片总是忍不住哈哈大笑，但那个时候明明也觉得自己超美的呢！

这也是一种乐观心态吧！

爱自己，接纳自己，同时也不停止找到更美和更好的自己。

拥抱衰老

2018年底，林忆莲的近照曝光，让我十分触动。好几个朋友专门发了朋友圈感叹：林忆莲居然肿成这样了。关键是在这轮关于她“怎么老了这么多”的讨论前不久，她上综艺节目时还是全网在夸“状态保持得太好了”。中间也仅仅隔了半年，未必是她的状态下滑了这么多，可能仅仅是光线和角度的问题而已。

变老是一个大家很热衷于讨论的话题。很多老牌明星每次露面，都是既引发一波“回忆杀”，又免不了被大家拿来比较一番状态差别。

周迅也曾因为在《如懿传》头几集演少女，被大家吐槽“装嫩失败”。为了证明她老了，有人拿着高清特写逐格分析，网络上甚至出现了不少模仿视频。她年轻时的照片也被一一翻出来做对比。

说真的，拿十几年前的照片和现在对比，谁敢说自己娇嫩如初？谁敢说自己更胜从前？

以前谈到年龄，周迅是比较洒脱的，否则怎么会容许自己未经精修的照片被朋友随手发出去。但后来她也开始对“周迅变老”这个评价无所适从。在一期《时尚芭莎》的杂志采访里，她对陈可辛导演说有段时间每天醒来都会哭："可能我一时无法直面人会衰老这件事情。"

我自己有时候在想，是不是因为我们身为女性，才对变老这件事特别敏感？后来发现不是，男女都一样。吴彦祖也在微博发过自己16岁的照片，自嘲有脱发烦恼。老实说，除了发际线变高，他的头发比起同龄男士算非常茂密了，可仍然拦不住很多人感叹"连吴彦祖也秃了"。

一个"也"字，把男神拉入了凡间。

是的，岁月的拖曳力度是均衡的，对男人对女人一样，对明星和对我们也一样。

那我们到底要怎么面对变老这件事？

关于变老，再努力的人都难免受挫

提到冻龄女神，很多人都会拿宋慧乔举例。她在女星里已经算是冻龄感很强的了，但在高清镜头前，鱼尾纹还是藏不住，以至于很多网友感慨，原来基因再强大、再有钱有精力做保养的人，也还是会老。

法令纹、鱼尾纹和眼袋，是明星和修图师的三大噩梦。据说一个称职的修图师，必须掌握眼袋修掉、卧蚕留下的技术。听起来好荒谬是不是？

高圆圆做过一期节目：《我，39》，光看标题，就能感知到她对这个数字微妙的敏感。怎么面对衰老？美了这么多年的高圆圆

2019年在南法的花田。

讲了一句很扎心的话："做了所有能做的，还是会变老。"

很多人都读过《美容大王》，或者对大 S 以前在《康熙来了》里表达的各种对美近乎变态的追求有印象。十多年前她就说过，除了动刀，其他可以使皮肤状态提升的项目，自己都不排斥去尝试，也为此付出了巨大的代价。为了白雪肌，包得一身黑防晒、打美白针；为了不被镜头拍成大饼脸，十几年每天只吃鸟食分量的食物，维持 42 公斤体重。

就是这样对身体有近乎疯狂控制力的人，2010 年几经波折怀上第一个孩子后，一度胖到 75 公斤，这让她沮丧到形容自己"胖得像海狗"。她说，以前想瘦就瘦，后来试尽各种方法都瘦不下来。她还提到一点：从前妩媚、灵动和酷酷的神情一去不复返了，现在整个人散发着慈祥的气息。是的，她用了"慈祥"这个词。

你当然可以说大 S 要求太高，哪个孕妇不多吃、不变胖？她接受过这样的设定，结果是后来每次出门被拍到，新闻标题都离不开"胖"字。她害怕被外界看到，有半年都不敢出门。

我能理解，她的拧巴，不光是因为外界眼光太苛刻。还因为这件事带来的副作用之一，是让你感觉自己无论多自律，都可能失去对身体的控制。

我们可能会觉得，人们对明星容颜不再的批评是理所应当的，因为这个群体确实是"靠脸吃饭"，他们收获过巨大的美貌红利，就应该对变老更敏感、更焦虑。

但其实，这种挫败感对每个人来说都是一样的。

因为变老而焦虑，并没什么可羞耻

每次说到面对衰老的积极心态，都有人拿俞飞鸿来当例子。50 岁啊，单身不婚啊，这些问题她一直看得挺开，心态也挺好。

我也很喜欢俞飞鸿，但以她为例来让大家都像她一样“自然老去”，是个伪设定。实际上，正因为俞飞鸿保养得根本不像她的年龄，才会有那么多人羡慕她的状态。

面对衰老这件事，我们的心态其实是很微妙的。看到那些变美、冻龄的例子，每次都有一小部分声音说：“为什么不接受原来的自己？”、“为什么人一定要瘦要美？”可另一方面，大家依然爱看老了也优雅、也身段优美的励志榜样。

有人说，这是因为中国大众审美幼态化，才有这么扭曲的焦虑。其实外国人也一样。

拥抱衰老这件事，从来都不是轻松愉快的。

而且，对于变老，只有 30 岁及以上的人焦虑吗？并不是。我经常听到身边二十多岁的人在讨论在哪里打针效果最好、怎么注射进行身体净化可以让自己看上去状态更好。

在崔斯坦握拳表示自己 40 岁也要去打针的时候，小妞们一脸担忧地劝她：“崔姐姐你还是早点去吧，这些方法只能让你的皮肤维持在当时的年龄状态，并不能逆龄啊！”听得她仰天长叹。

坦然接受自己老去的样子，这种心态当然很棒，但真的太难了。

不老是不可能的，但可以活得漂亮

变老的过程横竖都不会美妙，我们也没法选择不去拥抱这个浑身是刺的怪物，但拥抱的姿势是可以选择的。

自律得自由

基本上一说到谁的状态好，就会有人说“还不是靠医美”、“还不是有钱才能保养得好”。

我是很不爱听这种话的。如果把一切都归结于别人有钱，很容易成为自己放弃任何努力的借口。

前几年我去看了一场林忆莲的演唱会，在现场完全被她迷住了——活力四射、风情万种，比起她刚出道的样子，现在有魅力多了！据说她为了保持唱歌的好状态，一直都在做瑜伽和爬山。她说瑜伽动作是否完美不是最重要的，“我追求的也不是完美，我其实是在认识自己的身体，跟自己做好朋友，在整个过程中，呼吸的调适对我来说是非常重要的”。

坚持运动也并不是简单的想要瘦。保持健康、保持体力、保持好状态才更重要。

郑秀文用健身抵抗抑郁症，练成了著名的“八公里小姐”，肉眼可见地状态越来越好。她 42 岁决定纠正自己不吃早午餐的坏习惯。我们明明也来得及。

身材管理说到底是自我管理，一个做好了自我管理的人，精气神就是会很不一样。

阳光好的时候，
去户外走走吧，
跟大自然交换能量。

投入自己热爱的事业

惠英红 58 岁的时候，给缪缪（Miu Miu）走了秀，被夸状态吊打众小花。她也艳过、丧过、倒霉过，如果说要做自己，她年轻的时候根本不知道“自己”是何物。港产武打片没落后，她从一线打女变成几年没工开，得过抑郁症还自杀未遂。从谷底重新振作，想开了，接受转型，她“能演”的本事才发挥出来。

她的皱纹和美丽都是显而易见的，衰老的确让她的体能下降，但因为专业上的强大，她才能老得这么优雅。她接受采访时说过一段话，很多年轻人可能都没有这样的勇敢：“死是公平的，只有有人有而有人没有的事情，才值得害怕。我年轻时跑步很厉害，现在跑不动了，那我就不跑了。我游泳还是很好，我还可以做瑜伽，做这些事情时我还可以继续享受我的老。”

林忆莲也在她 40 岁时分享过：“女人进入 40 岁，往往会觉得自己开始老了，其实当你放开年龄界限后做自己喜欢的事情，就会很漂亮，很美。比起 20 岁和 30 岁，我现在真的活得很开心，知道自己要什么，过得很快乐。”

日本演员树木希林说过一段关于皱纹的话，真的太可爱了，也想跟大家分享：“不错，这个皱纹我是挺喜欢的，但大家好像不喜欢。这皱纹是我好不容易长出来的，不显示出来太可惜了。”这是基于对自己专业的绝对自信才有的底气，也是看过了世事以后还保持的有趣的灵魂。

“美”不是指不老的容颜，而是历经生活，阅历沉淀所得的气质、气度，还有心态。

就是要“不安分”

我一位经纪人朋友分享过一个故事，她回去和以前的同学聚会，被大家夸状态保持得最好。但她的同学们的工作明明都比她轻松舒服，作息也有规律多了，所以她得出一个看起来很不靠谱的结论：“不安分、爱折腾的人，反而老得慢。”

但我觉得她的话不是没有道理。刘嘉玲说她不怕老，我是不信的，不过她说要保持好奇心这点我非常赞同。

林忆莲参加《歌手 2017》那年 50 岁，大家都说以她的身份和地位，确实已经不需要通过综艺节目来重申自己的实力了。为什么要来呢？她说：“因为唱过很多歌，说过很多故事，但是我知道在音乐里，还有着神秘的无限可能。我改变，是因为我想改变。”

有歌迷统计过，《至少还有你》在不同场合就有二十多个版本。她不喜欢重复自己，《爱上一个不回家的人》、《为你我受冷风吹》这些经典情歌都有摇滚版。在“Live07”演唱会，字幕上大剌剌就写着“Playing Safe Is Boring”（打安全牌很无聊）。

以前看过一部叫《不老骑士》的纪录片，十七位平均年龄 81 岁的老人，在十三天内骑车环游台湾。他们办到了，一路极其尽兴。

按照刻板印象中的理解，老人如果做自己，不是应该带带孙子、跳跳广场舞，安享晚年吗？但他们就是不服老，而且永不认输。

只要对生活有所期待，无论什么年龄都可以充满活力。

亦舒有一本小说叫《阿修罗》，她用“阿修罗”来形容那些有魔力、对别人有迷之吸引力的人。这种魔力来去不打招呼，会在一定年纪之后突然消失。

我经常观察身边的人或者银幕上的明星，然后跟朋友讨论她们的魔力是否已经消失。有的人，年纪越大越有魔力。而大多数人，则在不知不觉中把“魔力”耗尽了。

所谓的“魔力”，并不只在于外表是否年轻迷人如昔。我们在生活里有时会遇到有些脸部和身材都保养得很好，穿着打扮也无懈可击的人，但一接触交谈可能又会觉得，“咦，他们老了”。年前我一个女友见完初恋男友后说：“好失望，他老了。”我问她：“是胖了还是头发少了？”她说：“不是，外表和之前没差，但他看起来就是一副认命的样子。”很多时候，我们有“老了”的感觉，也是因为自己不再敏感、不再天真、不再有所期待、不再兴致勃勃了。

比起外貌上变老，精神上的老态更可怕。一个50岁的人，眼睛里可以有小星星，而一个20岁的人，眼睛也可能黯淡无光。

每个人都会变老。我们能做的，唯有努力工作，投入生活，自律，始终不要丢掉好奇心，不要停止追求爱和美。和大家共勉。

再时髦的衣服，
如果穿起来不舒服不自在不自信，
我是不会穿的。

Part 2

我爱这花花世界

尽管平时写的内容大都和物品相关，但我从来不鼓励消费主义。介绍趋势、介绍好物、分享各种穿搭技巧，只是希望给大家提供一些参考，让大家在万千物品中更容易找到适合自己的那一个，少走弯路。毕竟现实生活离不开“物”，我们没法活在真空环境里，做到完全不消费，完全消灭对物质的欲望是不可能也是没必要的。

但我也发现，我们很容易在忙忙碌碌的生活中陷入某种“消费陷阱”里——因为工作太累心情太差，所以需要通过买买买来获得一种短暂的满足和快感，然后再陷入下一轮的忙忙忙和买买买的循环中。在这种循环里，无论是暴饮暴食还是疯狂购物，都已经不是真正的快乐和享受，而是变成了一种情绪喂养。

在可承受的范围里，通过自己的努力，过上更好的生活，才是一种美好的循环。在到处都在打折和促销的消费时代，如何处理和物品的关系，也是值得学习的一门功课。

经典和流行的一步之遥有时就在于质感。
好的面料能给人带来幸福感。
穿得舒服自在才会带来真正的自信。

我的购物经

我从来都没有因为购物而导致财政赤字。并不是因为我的钱比别人多，而是因为在这么多年买买买的征途中，我已经练就了一身“不吃土大法”。其中很重要的一点是：避免冲动消费，买一件是一件。分享几个小方法：

买那些经得起时间考验的经典单品

所谓的买一件是一件，一是买经得起时间考验的、可以反复利用的东西。比如说衣服，尽量买品质好的经典款，从 20 岁穿到 50 岁都没有问题。不像很多流行单品那样，穿一季或者一两次就扔了。

比如说洗衣机。搬家时的几个需要咬咬牙才买下的东西，其中有一个就是美诺（Miele）的洗衣机和烘干机。当时觉得真的好贵啊，一套下来可以买好多件衣服了。现在用了五六年，每一天洗衣服的时候都在感慨，真是买得太值了，不仅解放了我的劳动力，还让我心爱的衣物都得到了妥帖的清洁和护理。以前每次都要手洗或者送去干洗的羊绒衫、真丝衬衫，现在通通放进洗衣机就可以了。

这就是为什么我总是说尽量在自己能力范围内，买最好的。所谓的最好，并不是价格最贵的。而是一种选物的标准，尽量把有限的预算，花在那些自己最需要、最适合、最喜欢的东西上。一来这样做，意味着我们的每一次购物都是经过深思熟虑的；二来养成这样的习惯后，我们持有的物品并不多，但每件都是自己喜欢的。生活在一个被自己喜欢的东西包围的环境里，幸福感真的高很多！

就算从“性价比”的角度来看，无论是衣服还是家居用品，买品质好一点但贵一点的，如果能用上好几年、好多次，就算价格偏高，平均每一次算下来，也可能比我们随手乱买但用几次就坏掉和扔掉来得划算。

如果它不打折依然想买，就买吧

一篇讲怎么避免冲动消费的文章，第二点就让大家“果断买吧”，有人会不会想对我翻白眼啊?

其实，消费冲动和其他所有冲动一样，基本都是“越压抑越强烈”。所以还是有必要搞清楚，我们是真的想买，还是因为其他原因才冲动。比如说购物狂最爱、也是最恨的“打折”，往往是召唤出冲动这只魔鬼的最大动力。

“双十一”、“黑五”等各种购物节之所以这么吸引人，不就是因为这一天很多品牌都在打折吗，让我们觉得不买简直就是亏大了。

T 恤、牛仔裤和一件 oversized 西装，
是我日常最喜欢的搭配之一。

据我观察，很多人在这种大促日并没有什么特别想买的。就像很多读者一直来问我要买什么，如果真的那么需要、那么想买，还需要问我吗？

单纯因为打折或便宜而买下的东西，十有八九买回来就是闲置的命。承认吧，你家里肯定有些东西是你在打折的时候兴冲冲买下，买回来后就扔一边的，以前我家就有不少！所以，后来每次因为打折想买一样东西时，我都先问问自己：如果它不打折，我还会买吗？如果答案是肯定的，那就毫不犹豫地拿下。反之，即便折扣再大，我也会放弃。

我很喜欢这件东西，刚好它也很适合我，恰好它还在打折。这样的东西才是我们在促销季的必买单品！

不要因为小东西便宜，就随手买买买

我们工作室的小伙伴之间常常有这样的对话：

——这个多少钱，贵不贵？

——不贵，才几十块钱。

——这么便宜，那把链接发我一下！

——好的。

……

显然，比起很多大件，大家买小东西的时候会更容易冲动，毕竟东西不贵，即使浪费了，也是小钱。有时候，商家实行一些满减活动，我们更是容易为了凑单或者免运费而买一些小而无用的东西。

之前，我身边的朋友老问我，我们赚的钱明明差不多，为什么我能买那些经典款包包、很贵的羊绒衫和经典款椅子……深入讨论后发现，其实我们花在购物上的钱是差不多的，只不过我买的东西都“看得到”，而她们买的很多都看不到。也就是“有效购物”和“无效购物”的差别。

我说的“看得到”，不是指大牌logo，而是我的钱大都花在“大件”上了，一件羊绒衫就是一件羊绒衫，一把椅子就是一把椅子，都是买的时候肉痛，但利用率很高，而且能用很多年的东西，甚至当我搬家时，把椅子通过二手市场转出去时，还比我买的时候贵（因为那把设计师椅后来停产了）。她们则买了好多根本没穿过的毛衣、各种各样新奇的杯子、纪念品、小饰品等，大部分都是觉得不贵就随手买了，自己没用几次就忘了或者换了新的……

加拿大杂志编辑李·辛普森（Lee Simpson）平时也很爱买买买，有点购物狂倾向，为了克制自己的购物欲，她实行了一个“一年除了食物，其他什么都不买”的计划，并把这段经历写成了一本书：《什么都不买的一年》（*My Year of Buying Nothing*）。

她在书中写道：“我们很容易就会随手买一些小玩意，比如仅仅是觉得把它挂在女儿的墙上很可爱，而且才15美元。但正是很多类似的小玩意才造成了巨大的浪费。”她说自己不是很喜欢买设计师产品，却常常买一些并不需要的小东西，比如眼线笔、杂志、小厨具、老公的领带等。在这一年的实验中，她节约得最多的钱，都是来源于不再买那些以前很容易冲动买下的小东西。

很多人一看单价偏高一点的东西，就来说太贵了买不起，但我相信，他们有可能买起一些小东西来就毫不手软。你想想，虽然买那些小东西花费的钱不多，但买回来没用才是一种浪费呢！

把想买的先加入购物车，给自己一个缓冲期

我的好朋友王星星，因为太爱网购，有一段时间家里每天都有快递要收，连她老公都震惊了！更可怕的是，她买来的很多东西常常连快递盒子都没拆，时间久了，她自己都不记得买过这些东西……

后来，她想到一个办法，亲测有效之后就一个劲儿地安利给我。说出来大家估计跟我当时一样嗤之以鼻。具体操作听起来真的有点傻：把很多想买的东西先放进购物车里，就当自己已经买了。

我一开始听到也觉得很好笑，但抱着将信将疑的态度，还是照样操作了几次，没想到我在网上的冲动消费真的少了很多。

先加入购物车，不要急着付款，给自己的钱包一个缓冲期，同时也给自己一点思考的时间。很多时候，当时心情不好（可能刚刚在公司受了气）、买家秀太好看、正好无聊想花钱等各种原因都会让你忍不住流畅地完成“点击购买—付款成功”这个动作。

但一旦脱离当时的氛围，你可能就没那么想要那件东西了。不信大家想想，有多少东西是在你收到快递的时候就已经后悔了的？

所以这个方法真的有用。我也是试了以后才发现，很多东西过了一两天就一点都不想买了。还有一些，当我再看的时候链接失效，就彻底断了念想。这可比把东西买回家一直不拆封省钱多了！

如果过了很长一段时间，你压根不记得自己的购物车里都有啥，我觉得这件东西就可以直接从购物车里删除了，因为这充分说明它并不是你真正需要的。

投资经典单品，下手也需要谨慎

买一件是一件的原则，在经典款单品上面更要坚持。像大衣、羊绒衫这些，说买来穿一辈子可能有点夸张，但穿几年是少不了的吧，所以更要谨慎下手，否则会造成更大的浪费，毕竟这些单品往往都不便宜，一旦闲置了，断舍离起来更加心痛！

挑对经典单品，有很多要注意的小细节。比如一件永不过时的大衣就需要具备这些条件：

1. 袖子宽一点，方便穿内搭
2. 袖长不要超过虎口
3. 腰线高一点
4. 口袋最低点在胯骨以上

5. 领子起止点选高一点的

6. 扣子要选质感好的

另外，想买到适合的经典单品，一个很重要的前提是，尽量多看看评价以及身材参考、买家秀。不要只是看到别人的图片好看就买了。越是经典单品，就越要多问问自己，它是不是我需要的、适合的、喜欢的。就算只有一个答案是否定的，都要三思而行。

不要囤货，只买那些可以马上用起来的

很多人感叹，每到购物节买得最多的就是各种纸巾、卫生巾，平时看直播也是，有时候一买就是一年的量。买一年还算好的，我们的王大 R 同学，有一年“双十一”买的纸巾用了三年也还没用完!

我自己对纸巾这些日用品倒还好，但以前很喜欢囤护肤品，总担心某天用光了又突然没时间去买的话该有多焦虑。有一次收拾柜子，我突然发现自己不知不觉囤了好多面霜和眼霜，有些还没来得及拆封就已经过期了，只能扔掉，心痛死了。至于还没过期的，存量也巨大，拍照发给闺蜜，她正面临同样的苦恼，于是双双约定：东西还是多用新鲜的吧。

从那以后，我就很少再囤货了，基本都是等快用完的时候再补。这样不仅没有想象中那么“危险”，还变相省了不少钱。

所以，哪怕有促销，也只买那些能立刻用起来的东西吧。

买太多东西囤放在家里，真的很占空间，房价可比这些东西贵多了。有限的空间应该多留给一些更美好的东西才对！

给自己设置一个买买买限度

可能有人会说，只要不缺钱，想买就买呗，或者是，反正我高兴，买就买呗。我以前也常常找这样的借口乱买东西。直到有一次做断舍离时，看到家里堆得乱七八糟的闲置品，发现它们都是我的“坏心情”或“无聊消遣”的产物，决心一定要改变这种消费习惯。**我警惕的不是购物本身，而是那种无节制的生活方式。**

那段时间，我强行规定自己每次网购只能买一件东西，不管它有没有打折。刚开始我也不适应，特别是到了促销季，有很多买赠活动，还有很多优惠券，不参与总感觉不是那么回事。强迫自己执行过几次之后，发现并没有那么难，而且买的东西又少又精。

以前总是一看到喜欢的东西就放进购物车，没多想就下单了，到手后才发现理想和现实之间的差距。后来因为每次只能买一件东西，选起来会特别仔细，会反复问自己：是不是真的喜欢？买了是不是真的能用？筛选几轮才敢下手。你们想想，这样挑出来的东西还好意思闲置吗？

每次只买一件也许太极端了。可以试试在买之前，和自己来一个小约定，比如这次只能买一件或三件，又或者这次花费不能超过 1000 元。给自己设置一个购买额度，才能避免那些无谓的浪费。

毕竟，我们买买买的快乐，应该来源于它们提升了我们的生活品质，而不是买了以后觉得悔恨又内疚，是不是？

惜物是一种态度

关于人和物品之间的关系，我在第一本书《今天也要认真穿》里写过很多了。这里还是想再讲一下。惜物是一种态度。万物有灵。物品和人之间就像人和人之间一样，有时候也是讲究缘分的，买到手了，就应该像当初刚买到那样，尽可能地爱惜，在物尽其用的过程中，保持一种感恩的心态，珍惜和它们的缘分。坏了就买新的，固然轻松，但这不仅容易造成金钱和资源的浪费，在没有节制的予取予求间失去对万事万物的敬畏心，最终也会为自己带来损耗。

什么才是好的断舍离

每隔一阵子，我就会给家里来个大扫除和整理。当博主的前两年，因为工作原因，买的东西比以前多很多，每次收拾前都有一种被过多东西压垮的感觉。现在不会了。每次收拾完，看看家里的空间，还是很满意的：东西不多不少刚刚好，家里充满热闹的烟火气，但又不至于成为压力。

这几年很流行“断舍离”。我也做过几次。在这几年数次断舍离的过程中，我也一直在思考“持有”和“断舍离”之间的关系。一位直男朋友拜入“断舍离教”后，一口气把很多东西全丢了，丢完却后悔了。有一天赌气地跟我说：“现在每次找不到想要的东西的时候，我就想去骂那个作者！”哈哈。还有另一个极端是：一边断舍离一边买买买，越断舍离买得越多。

到底什么才是好的断舍离？怎么断舍离才能让我们和物品的关系更健康？

断舍离的一个重要标准是：我需要它吗？一件东西，需要的就留着，不需要的就丢掉。听起来很简单。但实际操作时，你就会发现，知道什么才是自己真正的“需要”，哪怕只是物品，也不是一件容易的事。所以，判断一件东西要不要断舍离之前，可以试试问自己这几个问题：

你是真的不需要它了，还是一时冲动？

大家一般会在什么情况下进行断舍离？

据我了解，大部分人都是在整理衣柜，或者觉得家里东西太多很烦的时候，一口气就把很多东西都丢掉或者送人了，减少拥有太多带来的压力和负罪感。

我以前做断舍离就常常在深夜，发完推送选完评论，放眼家里，怎么有那么多需要整理的东西，莫名就有些烦躁。于是，一边整理，一边在工作室的群里断舍离。小伙伴们这时候也常常精神抖擞，气氛异常热烈，断完都半夜两三点了……

当下是觉得很痛快，一身轻松，整理的压力小了很多，买东西的愧疚感也烟消云散。但是没多久就会发现，有些我需要用的东西，找不到了……原来是被我一股脑断舍离出去了。而那些因为冲动、愧疚而断掉的东西，有不少我都会再买回来，你说这是何必呢！

所以，在断舍离之前，一定要想清楚。一般来说，冲动之下进行极端的断舍离行为之后，都会后悔！不要问我是怎么知道的。

你是真的不需要它了，还是暂时不会用？

还有一种情况，是出让闲置。

一般来说，我们会断舍离的都是那些平时不怎么用的东西。

但有一些东西，断掉之后，很容易后悔。

乔伊姐姐第一个举手表示中枪，她之前断舍离，扔了一个还没用过几次的卷发棒，当时觉得自己是“手残党”，不会用。后来看了不少卷发教程，又跃跃欲试，结果又得再买一个卷发棒。

美容仪也容易出现断舍离完又后悔的情况。我写过一篇不同美容仪的测评，很多人评论说，他们之前买来后就闲置了，本来正打算断舍离，看完这篇测评后庆幸自己没有扔，不然可能又得花钱了。

想要避免这种情况，有一个解决方案：有条件的同学，买之前可以先借朋友的用一段时间，确定自己真的需要后再买。

断舍离之前可以想想，自己是真的不需要它，还是没有掌握使用方法，如果是后者，最应该做的或许不是断舍离，而是先花点时间和耐心充分了解它们。

你是真的不需要它了，还是只想买新的?

我有一个购物原则：买一件新的，就要断掉一件旧的。比如说包，我如果买了一个新的，就会把某个旧的断掉。这个做法出发点是好的，既可以防止自己乱买，又可以让持有的物品保持在一定数量上。

可渐渐地就跑偏了。好几次，我宣布要断舍离的时候，都是因为自己想买新包。也就是说，我所谓的“断舍离”，并不是因为我不需要它，而只是为了给买新的东西找借口。这就又陷入了“一边买买买一边断舍离”的恶性循环，断完往往是更多的买买买。

同类单品就一定要断舍离吗?

我之前做断舍离时很认真遵守的一个法则就是：同类单品不要持有太多，留下让你最怦然心动的那个就好了。所以在一次大型断舍离中，我把白衬衫、白 T 恤处理了一大半。

但没过多久，留下的那几件因为穿得太多就发黄、变形了，还是要去买新的。所以现在我把白 T 恤归类到消耗品，如果不是多到爆炸的话，不用急着断舍离。

一件单品的数量多少其实要看自己的需求，爱穿的单品多几件也不会浪费。相反，有的衣服可能只有一两件，但我并不爱穿，甚至买来后连标签都没有拆过，这种才是要断舍离的。

扔了后悔的单品里，还有一类比较特殊，那就是书。之前搬家的时候，我把很多书都断舍离了，之后想尽可能用 Kindle 或者 iPad 阅读器看书。用电子书来代替纸质书，确实减轻了很多负担。但我发现，看纸质书的感觉并不能完全被替代。尤其是有些书我会反反复复看，突然很想看某一本书时，才发现已经断舍离了，只好硬着头皮再买一本。

买下别人觉得无用的东西，就是浪费吗?

我会定期写私物分享，有的人很爱看，觉得它们反映了我的生活轨迹和心情。但每次一写到那些不那么“实用”的东西，像香薰蜡烛、家居小物，还有出差带回来的画、小摆件、小公仔什么的，都会有人说：这些东西都是断舍离时要首先被扔掉的。

但我还是倔强地留下来了，还专门用一个柜子来放它们。因为每一个都是我的心头好啊。

出差回到家或者工作很累的时候，有时候只是给它们换换位置，我都觉得挺开心的，看到它们就会想起每次旅行或者工作时那些美好的回忆，再丧也瞬间被治愈。

如果说断舍离的最大原则是“只留下心动的物品陪伴自己”，那么，让人心动的物品，不一定是实用的，换句话说，让人心情愉悦难道不是它们最大的用处吗？！“这个没有用”、“那个你有好几个了”……不要去管别人怎么说，心动的感觉，听你自己的就好。

不要走极端，偶尔满足一下自己

断舍离很容易走上另一个极端。

我在狂迷断舍离的那段时间里，也曾立下一个目标，就是坚持三个月完全不购物。我真的做到了，这是我坚持最长的不购物的时间，每次只要想买衣服，我都会想有没有旧的衣服可以代替。结果，一直穿旧衣服不仅让我失去了对穿衣搭配的热情，而且导致我在解禁的下一个月里，几乎每天都在报复性地买东西。

极端地压制正常的欲望，反而会触底反弹。

日剧《我的家里空无一物》里，女主角麻衣经历了从疯狂囤积到空无一物的生活，其实也算是从一个极端到了另一个极端。她说自己其实是物欲很强的人，总是想要买东西，但是买之前会想得很仔细：我对这件新衣服的喜欢程度，能不能打败我衣柜里那件旧的？

但我想，她未必能坚持很久。因为有时候，适当满足自己，跟物品建立一种良性互动，才是更健康的心态。

偶尔满足一下自己，不用太有罪恶感。毕竟就连努力健身的人，每周也有一顿欺骗餐。

好的断舍离，并不是反物质，而是让我们处理好自己和物品之间的关系。

断舍离和买买买一样，是一个不断跟自己对话的过程，在我们发现自己、找到自己的过程中，有时候物品比我们更清楚答案。成熟的人能做的，不是假装自己没有欲望，而是正视自己的欲望，处理好和欲望的关系。而怎么处理好自己的欲望，本来就是我们需要跟自己磨合一辈子的命题。

我的存钱经

我对自己比较欣慰的是，从来没有因为乱花钱而入不敷出过，哪怕是在我收入很低的时候。这是因为我很早就开始重视“存钱”这件事。

这几年我越来越深切地感受到：自给自足、有能力照顾家人、有余力帮助别人、有底气应对无常，真的是一件太重要的事。

强制储蓄

你看，第一点就是老生常谈。估计你已经在边看边翻白眼：谁不知道要存钱啊，问题是赚得不够花啊！

理财的前提，当然是有财可理。很多人会觉得，只有拥有花不完的钱，才需要理财。其实不是的。我们大部分人的收入都是相对稳定的，暴富的毕竟只是少数。所以，就不要想着等自己哪天赚了大钱再去理财，从现在就开始吧。

在赚钱能力有限的情况下，如何做到有财可理呢？我的做法是，强制储蓄。每月从自己的收入中强制抽取一定比例的钱存起来。

这是一个朋友分享给我的。我刚毕业那会儿在报社工作，虽然一个月有半个月都在报社加班到凌晨两三点，拼命写稿，但银行账户的数字几乎不值一提，拿到的工资光是吃吃喝喝买点东西就花完了，从来没想过要存钱。我当时的想法是：以我的收入水平，即使不吃不喝，把所有收入都存起来，也没多少，还不如把钱花掉呢！而且我当时确实觉得，收入那么少，日子已经过得紧巴巴了……

大概工作了一年左右，我和一个大学朋友聊天，她告诉我，她存了一笔钱，马上要开始一段长途旅行。我大吃一惊。她的收入甚至连我的一半都不到，怎么做到的！原来她每个月都会在发工资的第二天，就强制性地从她工资里划扣500元定存。我问她，那剩下这么点钱，你每个月够花吗？结果她说，我就干脆当自己没拿过这500块钱，时间长了就习惯了，因为消费习惯会跟着调整到没有这500块的水平。

见完她之后，我就去银行办了个“零存整取”的业务（不知道银行现在还有没有这个业务了），每个月发工资的第二天，银行就会直接从账户里扣2000元，为期一年。结果没坚持过三个月，我就去把钱取出来了，因为实在不够花！这就叫“欲速则不达”。

第二次做强制储蓄，我就实际多了。先大概算了一下每个月日常生活必需的费用，把每月定存金额降到1000元。这次坚持下来就容易得多。虽然也曾因为想买什么东西差点就把钱取出来，但都忍住了。神奇的是，我真的慢慢习惯了每个月少了这些钱的生活。

其实大家想想，500 或者 1000 元钱，平时吃几顿饭或者乱买一些小东西也就没了。但如果存下来，一年后就是一笔整数。虽然收入水平可能没变，但我们已经拥有了一笔可以支配的钱。

还有一个收获：因为记者的收入是按工作量浮动的，强制储蓄后，为了不让自己的日子过得紧巴巴，我更努力工作写稿，收入也很快就提高了（我会每年根据自己的经济状况调整定存额度）。

也是因为强制储蓄，我才开始看一些理财书。就算是专业理财人士也会建议大家从储蓄开始。《小狗钱钱》里提到一个非常重要的法则叫“九一”法则：当你的收入只有 10 元钱的时候，你最多只能花掉 9 元钱，将那 1 元钱“攒”在钱包里。无论何时何地，永不破例。哪怕你的收入只有 1 元钱，也要把 10% 存起来，这是理财的首要法则。

养成良好的储蓄习惯会让我们在今后的日子里受益良多。你会发现，我们即使没有一夜暴富，也可以通过合理的财务规划提升生活品质。而且，因为已经有了强制储蓄，我会告诉自己，剩下的钱爱怎么花就怎么花，即使全花光也不需要有什么负罪感，特别爽！

设立“梦想基金”

很小的时候，我曾为了一个自己喜欢的书包攒了很久的钱。因为那个书包实在太好看了，每天放学都会跑去看“那个写着我名字的书包”还在不在，做梦都会梦到我背上它的样子。但是我当时手里的零花钱远远不够买它。

怎么办？我的做法既不是放弃（因为实在太难），也没有管家里要钱（很小我就被告知零花钱是固定的，超出的花费自己去想办法），而是把平时的零花钱一点一点攒下来，直到有一天攒够了，去把那个书包买回来。拿到它的那种美妙的滋味，到现在我都还记得。

我们时不时会有一些想做的事，比如来一场说走就走的旅行、拥有属于自己的小房子等。但以当下的经济实力，立马实现是很困难的。这时候，可能有不少人就选择放弃，还有一些人则会退而求其次，寻找那些能力承受范围内的替代品。

我的第一个香奈儿的包，是在工作了好几年后才下决心买的。在当时的媒体行业，我的收入相比大多数同龄人来说不算少。可平时买这买那，吃吃喝喝，还要储蓄，很难一次性拿出那么多钱。但我后来发现，那几年我的钱一点也没有少花，陆陆续续买了不知道多少个包，它们都很快坏掉或者因为不喜欢而闲置，而那些“退而求其次”包包的钱，加起来早就可以买下心仪的那只香奈儿了。

痛定思痛后，我设立了一个“梦想包包基金”。虽然看起来很可笑。但自从有了这个“基金”，每当我看到那些轻松就可以买下的包包、衣服或者小东西时，都不会再像以前那样随意买了，而是想着把钱省下来放到“梦想包包基金”里。

当我存够钱买下那只包的时候，让我更喜欢、更开心的，是那种通过自己的努力满足了自己的感觉。现在那个包还在我的衣柜里，过了这么多年都在用，也没有想过要断舍离。最关键的是它还涨价了。哈哈。如果从这个角度看，也算是一笔成功的“理财”了。

包包只是一个例子。无论你有任何很想实现的小目标，都可以试着设立一个这样的“梦想基金”，比如“辞职基金”、“蜈蚣精基金”、“旅行基金”等。不要总想着等自己哪天突然有钱了再行动。因为在等待的过程中，你可能已经花了许多冤枉钱去买自己并没有那么想要的所谓“替代品”。但很多时候，自己真正想要的那个，别的东西是替代不了的。

不同于定存的钱，这笔存起来的钱更像是“任性基金”，是为了实现自己平时的小心愿而设立的。

一定要记账！

记账可能很多人都试过，但记着记着就放弃了。

一开始我当然也觉得记账很麻烦。之所以开始记，是因为在刚开始储蓄的时候，我常常会完不成目标，却想不起来钱究竟都花到哪里去了。后来开始记账，才真正把钱存下来。

我自己是用记账软件来做这件事的，因为记账软件可以自动统计收支比例以及每部分支出的比例，甚至可以自动帮我们分析财务状况，所以对我来说很方便。每天快结束时，我会花一点时间，把当天的花销分门别类地记录下来。到月底的时候，我还会看一下这个月各项的收支比例，这样就能清楚地知道钱究竟都去了哪儿。

记账中特别值得分享的一点心得是：哪怕再小的金额也要计入。一开始我只记大的花销，觉得知道自己的钱大概去的方向就可以了。但后来发现，还是有很多钱不知道去了哪里，而这些七零八碎的钱加起来可能要比你想象中多得多，而往往就是这些看似不起眼的小钱让你的理财计划功亏一篑。我记了半年之后就被自己花在吃饭、打车上的金额给惊到了。

开始记账之后，各项花销一目了然，也有助于一点点清理各种理财路上的“隐患”。记得有一个夏天，我发现自己在咖啡店买冷饮的钱，一个月就有一千多元，而我根本就不爱喝冷饮啊，简直见鬼了！只不过因为那家店开在我们小区门口，出门前随手就买了。

后来我跟朋友们交流我的记账心得时，她们也都发现自己花在小东西上的钱一点都不少。我一个朋友发现自己光是花在买杯子上的钱加起来就有一大笔。崔斯坦也是，她发现自己随手买了很多电影周边、公仔小玩具，有些买完甚至都忘了。这些其实对提升自己的生活品质并没有太多的帮助，积攒起来反而容易成为一种拖累。崔斯坦的周边后来在几次搬家的过程中几乎全部扔掉了，而这笔钱原本可以用在更好的地方，心痛！

记账是理财非常重要的一步。我有一个朋友就说，自己记着记着就不敢记了，因为常常无法面对自己在无谓的东西上花了那么多钱。但这样抗拒，其实也无助于解决问题。只有逼着自己去正视自己的消费习惯，我们才有可能找到解决方案。

我自己是那种做了预算，就会把它当成通关任务尽量去达成的人，就好像玩通关游戏一样。如果我发现自己某一项的花销超出了预期，接下来就会想办法削减这部分花销，实在不行就逼自己从别的地方补回来，或者多写一篇稿来弥补一下。

记账软件还有一个好处是，你可以拿月跟月、年跟年做个对比，无论是收支比，还是各部分的比例，都可以对比分析，一目了然。

当你记到某一天，发现自己的账面井井有条、收支平衡的时候，真的是非常有成就感的。

我的赚钱经

朋友们听说我要写“赚钱经”，纷纷表示疑惑：“人家首富都没开班授课呢，就轮到你来教人家怎么赚钱”、“你找到一夜暴富的‘点石成金术’了吗，就敢写怎么赚钱，到底是谁给你的勇气啊？”……

为什么不行，我分享的不过是一个普通女孩怎么通过个人技能的提升和合理的财务规划，来提升自己生活品质的经历呀。与其说是“赚钱经”，不如说是这些年在财务和职场上的一些小收获和教训。

我做的一直都是内容创作相关的工作，不是来快钱的行业，也不是什么理财专家。估计想看我“赚钱经”的人，应该没有成为首富的野心（有也别告诉我），也没有一夜暴富的不靠谱念头（毕竟我也没有）。万一真的有想快速掌握致富秘诀的朋友，现在可以跳过这篇了，哈哈。

对于大多数普通人来说，提高赚钱能力，短期目标大概都是改善生活，而长期目标则是尽快实现财务自由吧。

利用好定存的那笔钱

很多朋友可能会觉得储蓄既不能生财（利息很少），又不能物尽其用（买买买），是一种很傻的行为。但这两点，我还真的通过定存做到了。

从我开始做定存之后，就一直有朋友说这是个笨办法，因为利息太低。但我做定存并不是冲着利息去的，纯粹是为了强制性地存下钱来。因为无论是做什么投资，首先得有“本钱”。

普通的工薪阶层每个月收入都是相对固定且有限的，很难突然有大一笔收入专门用来做投资理财，所以，不管你有什么样的财务规划，定存都是第一步。

我拿到第一笔定存的钱后，用它付了第一套小房子的首付。这一点对大家可能没什么参考意义，因为这些年房价涨得实在太快。我买第一套房子时，广州的房价还没起步，而且首付只要一成，几万块钱就搞定，现在听起来很不可思议吧？

尝到强制储蓄的甜头后，我就一直把这个习惯坚持了下来。每次拿到一笔钱（不管是工资还是其他），我都会把其中的10%拿出来强制储蓄。除了每个月的工资、年终奖，当定存达到目标金额，取出来做其他用途时，我也会拿出其中的10%继续存。无论后来的投资理财，还是换房、买车这些“人生大事”，我都是通过强制储蓄攒下了“本金”。

当然，怎么利用好强制储蓄的钱，还是取决于自己的心态和诉求。但不管是用来学习、进修，还是给自己来一场说走就走的旅行，都得有它才行。

别总想着赚快钱，不要因为钱很少就不存，也不要总觉得以后赚大钱了再存，什么时候都要保证手上有一笔存款。有时候它就是你做很多事情的底气。这个不需要展开说了，相信这两年大家都深有感触。

不要总想赚快钱，要相信时间的魔力

相信看完第一点，已经有很多人对我嗤之以鼻了——“你存的那点钱，能跑得过通胀吗？那点钱还不够贬值的吧？”

没错，我身边有很多人都不愿意储蓄，也是基于这个原因。

我说的定存也不是让大家把钱放在那里当作“不动产”，毕竟钱最好的归宿就是被花掉，关键是什么时候、以什么形式花掉。定存只是一种手段，而不是目的。

刚开始强制储蓄时，每存够 5 万元，我就会买一款稳健型的理财产品。很多银行都有这样的理财产品，5 万为起点，我选的大都是低风险的，回报比存款高一些，但也不会高很多。

在理财方面，我的确是个保守的人。相比赚快钱，我更相信时间的魔力。

这方面我有过惨痛教训的。当我拿到第二笔定存的钱时，正是股市红火的时候，周围的人每天都在说“看着股票那样涨，都没什么心思上班了”，在这种气氛的感染下，我也脑袋一热就去开了户，结果一入市就经历了股市的暴跌（心疼我自己），辛苦存下的钱一下子蒸发了三分之二，从此我就对炒股敬而远之了。

毕竟我对股票行情、金融知识、经济形势的了解非常有限，

在自己不懂的领域，还是别乱来了。

后来在专业人士建议下，我把收入大致分成几个部分：定存（10%）——这部分是在设定期限内，无论发生什么事都不能动的；日常消费（50%）——每个月的生活支出、房贷等；改善生活基金（30%）——比如"学习某一门技能基金"、"买买买基金"、"旅行基金"、"随时休息个一年两年基金"等；剩下的 10% 才拿来做投资。

因为时间精力的关系，用于投资的 10%，我做了基金定投。基金的选择则是咨询了专业人士的。因为我并不指望它快速赚钱，所以一投就是好几年，中间赚的时候没有套现，亏得一塌糊涂时也没有中止，结果那几支基金在经历过几次起伏之后，居然神奇地赚了钱，在我换房的时候发挥了不小作用。

但必须要说的是：这并不是因为我的基金选得好，论长远回报率，它们也就比稳健型的理财产品高一点吧。之所以能发挥作用，主要还是因为我用这个方法存下了钱，加上周期长，跟储蓄有点像，都属于时间的魔力。

为什么是 10% 呢？因为所有的投资都有风险，投资前要确保自己有抗风险的能力。而这 10% 是我就算亏光了也可以承受的一个比例。当然这个比例每个人根据自己的承受能力来定就好了。

提升自我，比研究理财知识更重要

我一直都觉得，只有存钱和赚钱两手抓，才能真正提高生活品质。如果收入一直维持在一个比较低的水平，光靠强制储蓄，能够积攒下来的钱也不会太多。

如果说写这篇文章，有什么是我最想分享的，那就是：在年轻的时候，尽量把时间和精力用在提升自己上面，就是最好的投资。

这种话写出来很像鸡汤，但的确是我的切身感受。

很庆幸我经历了纸媒的全盛时期，这让我相信只要肯努力，没有什么人真的会怀才不遇。回顾了一下我周围，大部分全力以赴做好自己工作的人，物质生活都还不错。

刚毕业时我去了《新快报》，不谦虚地说，我应该算是很快就在报社崭露头角了，原因有二：一是幸运，当时无论大环境还是报社的工作条件、氛围都蛮好的；二是够拼。

两年里，我几乎没休过假，有好多个月都是报社发稿最多的人。当时稿费其实很低，而且主要是按字数算的，但这并不影响我满腔热情为了一条稿子反复改十几遍。

我职业生涯上第一次收入的大幅提升，是跳槽到《南方都市报》（以下简称《南都》）以后。《南都》当时的薪酬在国内纸媒里算是很好的吧，但如果不是因为在《新快报》时的努力和机会，我也没有跳槽的可能。

收入第二次大幅提升，是做了新媒体之后，而如果没有那么多年在传统媒体训练出来的职业技能，我也不可能这么顺利地转型。

虽然一提到赚钱，大家都很踊跃，恨不得“先挣它一个亿”，但其实赚钱和理财一样，是一个循序渐进的过程。所以——

不要老想着赚到花不完的钱。整天想着要一下子赚到花不完的钱，就很容易对眼前的工作失去热情和动力。而眼前这份收入不算太高的工作可能才是我们唯一的生财之道，或者至少是进阶的必经之路。所以“做好呢份工”还是很重要的。

也不要老想着赚快钱。很多人可能因为自己的本职工作来钱太慢，或者新入职场，收入水平较低，因此就做各种兼职赚外快，反而没有时间和精力去精进自己的职业技能。这样也许短期内可以改善生活，但长远来看，往往是因小失大。

之前有一个大学刚毕业的同学跟我说，自己为了多赚点钱买想买的东西、租住更好的房子，拼命做了很多兼职，结果同期的新人升职了她却没有，感觉很失落。我也不赞成她这么做。有一个著名的理论说：职场前五年的表现，决定了未来你能走多远。仔细想想，也不是没有道理的。

职业初期的表现，除了影响外界对你的判断和定位，也关乎我们对自己的信心和要求。所以，还是把时间和精力用在精进和提升自己的职业技能上比较靠谱。

可能有同学会说：拜托，做好本职工作还用你说吗？老板每天都在敲黑板好吗？

早已不是职场新人的我，回过头来还是坚定地认为：我们为做好一份工作所积累的经验、提升的技能、训练的思维和开拓的眼界，才是我们的核心竞争力，是我们受用不尽的财富。

在报社工作的时候也有很多兼职的渠道，包括帮外面的公司做营销策划、写宣传稿、写剧本等，但我并没有去做。一是因为我是那种不能一心二用的人，二是我真的很喜欢记者这份工作。

为了采访好一个人，写好一条稿子，做好一个专题而准备的过程、付出的努力，都让我觉得无比充实和满足。而通过一个又一个采访、一篇又一篇稿子所锻炼的文字功底，积累的工作经验，以及修炼的随时准备去战斗的素质，直到今天我依然在受用。

这，比我当时多赚一点钱要珍贵得多！如果非要从投资的角度来说，这样的回报率反而更高。

兴趣也可以成为生产力

没有无聊的生活，只有无聊的人。我的每一次辞职或者跨界其实都是兴趣使然。

可能有小伙伴会说，把兴趣发展成职业说得轻巧，但现实总是会让你欲哭无泪啊！对，很多人的理想状态应该都是做自己喜欢的工作，但是往往迫于现实的压力选择了别的。

每个人想要的东西和面对的现实确实不同，我也没资格评论别人的选择。但我自己每次面临职业选择的时候，都是兴趣导向的。因为对我来说，只有在做自己喜欢的事情时，才会像打了鸡血似的心无旁骛、全力以赴。我的每一次工作变动，从时政记者到电影记者，再到时尚博主，因为都是兴趣驱动，所以每次也能全情投入。现在看来，做得都还不错。

只有真正喜欢这件事，才能最大限度地激发一个人的热情和潜能。

以前当记者的时候，每次跑两会或者电影节，我都像打了鸡血似的，每天睡三四个小时还激情满满。包括现在也每天都有人问我：为什么你可以坚持日更新？除了之前那么多年记者工作训练出来的写作技能和职业素养外，还有一个很重要的原因：我是真的喜欢写。

曾经有一年在《南都》获评年度记者时，报社给我的评语是："(她)证明了，一个人的潜能可以有多么强。"这句话当然是太过誉了。但我想，如果我当初选择了一份自己不太喜欢的工作，光是靠自律和责任心努力应对，也许也能勉强做好，收入也可能不比今天差，但一定不会像在媒体行业这样，一再主动去挑战和挖掘自己的可能性，也不会有这样的满足感和成就感。

是的，如愿以偿把自己的兴趣发展成职业，并不意味着一劳永逸，可能反而需要付出更多，甚至比之前多十倍、百倍的努力。但回报也是巨大的：将自己热爱的事做出彩，才能获得真正的满足——包括物质与心灵。

很多时候，我们之所以选择去做自己并不感兴趣的工作，不见得是现实真的需要我们有破釜沉舟的勇气，有时只是因为那可能更容易——不需要你付出太多，就可以获得一份还算不错的收入。但可能你同时也失去了真正挖掘自己潜能的机会。

只盯着“财务自由”，反而抹杀了生活的可能性

写到这里，想起之前有人问我：“等你财务自由了，是不是就不会再当博主？”我几乎没有犹豫就说：“当然不是。”因为我觉得自己已经实现某种意义上的财务自由了。并不是说真的赚到了别人认为可以实现财务自由的钱，而是不再纯粹为了钱而工作，对我来说已经算是某种自由。

每个人的财务自由标准不同。有的人觉得要赚够一个亿才算自由，有的人身价数十亿还觉得不够，也有的人觉得可以支付自己的生活所需就自由了。因为一直以来都在做着自己喜欢的工作，我从来没有过“赚够多少钱就退休”的想法，因为我就没有想过要退休……每一次转型或者做新的尝试，驱动力都是想做更有意思的事。

如果有一天我不再做博主，那只有一个原因，就是这件事让我觉得没意思了。希望那一天不要那么快到来。

常常听到有人说：“等我赚够钱就退休 / 去环游世界 / 去做自己喜欢的事……”这句话是不是好熟悉，听着也很诱人？但细细一想，就会发现它经不起推敲。

钱到底多少算够呢？如果目的是赚钱，也许永远都不会够。如果做一份工作是以赚钱为唯一目标的话，很大可能是做不好的，因为我们不仅不会真的全情投入，还会做得很辛苦，每一分每一秒都在苦挨，能激发的创造力和潜能也非常有限吧。

而那些你想着“等有钱了再去做的事”，今天不做，以后恐怕也不会去做。什么事都想等到“财务自由”了再去做，反而抹杀了自己生活的可能性。

不要局限自己，不要荒废时光，永远相信自己值得更好的——因为这样你才有努力的动力啊！

我的看房经

这么多年来，每逢长假，如果没有旅行出差的话，我几乎都在到处看房。

以前每次填个人资料，一到“兴趣爱好”那栏就不知道填什么，毕竟我的兴趣爱好太多，数都数不过来，实在难以分出高低上下。我怎么没有早点意识到，应该填“看房”啊！

很多时候，我并没有明确的买房计划，纯粹是爱看。妈妈和身边的朋友经常笑我，又不买，干吗浪费时间去看。我也不知道为什么，仿佛自己受到某种神秘的召唤，完全不受理性控制的那种。

时间花在哪里是看得见的，这真的不是一句空话，哈哈。那么，看房这项“兴趣爱好”到底给我带来了什么？实在太多了！别笑啊。若不是我有天半夜坐在阳台上吹着风，无限感慨地回顾着我这么多年来的“看房之旅”，我也没发现自己对于这件事，居然有这么多话想说。

别说我没提醒大家，这么多年看房买房的心得，都在这一篇了！

买房子不要总想着一步到位

总想着一步到位，很难找到满意的房子。地段好、格局好、朝向好，还刚好符合预算的房子，是不存在的。不是客观上不存在，而是没有一套房子能完美契合你的实力和欲望（钱多到不用考虑这些的，不在我们的讨论范围内)。我也是在看过许多套房以后才有了这么痛的领悟。

痛归痛。一旦领悟到这个道理，买房之路就豁然开朗。

这些年我换（注意，是换，不是同时持有！）了几次房子。从市中心不到 50 平方米的小公寓，再到郊区一楼带小院的房子，现在又搬回市中心的平层，花了十多年，才一点点接近我理想中的家。

折腾吗？别人看起来也许是，但我并不觉得。相比付出的时间和精力，现在的居住幸福感让我觉得非常值得。

关于买房的标准

我自己的买房标准是：一看地段，二看配套，三看房子朝向格局，四看物业。

地段永远是第一位，要么选核心地段，要么选未来可能变成核心的地段。核心地段的话，小一点也没关系，房子可以换大的，但好地段寸土寸金，房子卖一套少一套。好地段的房子才保值。

装修是最不重要的，千万不要被装修迷惑。除了承重墙不能拆，其他格局通过装修都可以改，多研究一下装修帖就行。实在不行，花钱找个好的设计师，分分钟让 80 平变成 100 平，让小破房变成豪宅。

我家装修的配色灵感
就是从这个红沙发开始的，
住了几年，现在看依然很喜欢。

买房的预算怎么定才好

我一般会选那些超过我承受范围的房子来看。这也是我买房的原则：选略高于自己承受范围，也就是那些以我当时的能力来说买起来并不轻松、需要稍微踮踮脚才能够得着的房子。房子不是消费品，它不仅代表我们现在的能力，也代表以后的可能性。

买“超出能力范围一些”的房子，就像定下一个明确的目标，能够激励自己去努力。从我过去的买房经验来看，这是非常管用的“鸡血”。

每换一套房子时我都在想，为了供房，以后要更努力工作。起初一两年总是很吃力，但随着收入增长（还有通胀），慢慢压力就没那么大了。

如果我选那些轻轻松松就能买的房子会怎样？以我懒散的个性，大概就得过且过了吧。而因为有了这个“欲望”，我确实更努力工作了，然后又住进了更喜欢的房子。

我身边很多朋友常常开玩笑说，如果你把工作的时间用来买房卖房，早就发得跟猪头似的！

当然因为我每次换房都不是为了投资，而是为了改善居住环境，这些所谓的“增长”，最终还是回到了房子上。但至少我的居住环境变得越来越好，幸福感大大提升，这也是一种巨大回报吧！

未必有足够的实力，但要有足够的底气

很多朋友喜欢“蹭”着我一起去看房。为什么说“蹭”呢?好房源一直都有，但我们看房时未必都能有机会看到。就说二手房吧，早些时候看房，出于保险心理，我会给中介一个保守的大概预算。结果呢，中介带我去看的房子，基本上十套有九套都是看不中的，剩下一套则开价奇高。

看得久了才知道，他们手里都有一些好房子，但未必会给你看。跟奢侈品店店员一样，他们在带你看房的过程中，已经把你里里外外打量清楚，知道你的实力大概匹配什么价位的房子了。因此他们往往会给你看低于你承受能力的房子，因为这样成交的几率更大。一手楼盘也是这种情况，开发商一定会留下一些优质房源，给他们认为优质的客户。

我是怎么看穿这件事的呢?也是因为朋友。

同一个楼盘，同一家中介，同一段时期，去看某个楼盘的二手房，几套都不满意，几乎要放弃的时候，朋友突然给我发了一张聊天截图，有一套房子正在放卖，完全符合我的要求。再一看聊天的头像，这不就是我的中介吗!而这套房子，他完全没带我看过，更没提起过。

我怒火中烧地去质问他，他的借口当然是业主临时放盘。基于我的气势，他第二天就带我去看了。后来我买了那套房子。签约那天我问他：“为什么早不带我看？！”

他颇有深意地笑笑说，我以为超过你的预算了。其实他猜得没错，那套房当时要我用超过半个月的收入来供，从理性角度看并不合理。但这件事让我得到一个教训，以后看房时，一定要显得更有底气一点。

现在我熟悉的中介基本上一有优质房源就会问我要不要去看看。除了知道我爱看房外，还有一个想法是知道我看到喜欢的房源也会热心推荐给身边的朋友。

以前："看了不买怪不好意思的。"

现在："不多看看怎么知道要不要买！"

以前："买不起就不看了。"

现在："我此刻买不起，但你怎么知道我以后买不起呢？"

不要被中介的"鄙视链"左右

说到中介，我大概可以写十篇小故事吧。中介，尤其是豪宅中介，气势往往很足，也很知道怎么把人绕进他们的"鄙视链"里。

前几年有一位中介推荐我去看一个别墅，盛惠 1.5 亿。虽然贵到超出想象，但他说去看看也没关系，我就去了。过了几天接到他的电话，问我："那套别墅现在降到 1.3 亿了，您考虑吗？"我说："不考虑。"然后果断挂了电话。又过了几天，中介又打来电话："那套别墅现在降价到一个亿了，您考虑吗？"我礼貌回答："不考虑。"他问："才一个亿你都不考虑吗？为什么？"我说：

家是我们的休息所和充电处，
哪怕是租来的房子，
也应该尽量用心布置。

"因为没有钱。"他愣了几秒，没有说再见就挂断了电话。我忍不住哈哈大笑了很久。

这个段子成为身边人鄙视我的大杀器，每当我得瑟时，她们就冷不防来一句："这个房子才一个亿你都不考虑吗？！"

后来那个中介跟我很熟了。我很明确地列了我想要看的房子的预算、地段和需求给他，他也非常敬业地带我看了很多个房子，包括那些很贵但"滞销"的房子，边看边跟我分析到底值不值得买。

不要担心麻烦中介，更不要觉得看了又不买很不好意思。厉害的中介不会那么短视。这位当时"口出狂言"的中介，帮我买了一套房后过了好几年，关于房子的一切事宜还是随传随到尽心尽力，后来我买卖房产都通过他，也看着他一步步升职加薪。

好的关系，从来都是彼此尊重，互惠互利。

总有人在过着你无法想象的生活

这一点可能和买房没什么关系，却是我在看房这项兴趣爱好中得到的最大的收获：认知度和想象力都得到了拓展。

"一条"拍我家的那条视频，用了一个吸引眼球的标题叫"一个人住 230m^2"，评论区有很多人骂我。有人说，这只是营销，房子肯定没那么大；也有人说，有这个钱干吗不去旅行，要买房；还有人说，才 230 平方米而已，并没什么大不了。看到这些评论，生气吗？并不。因为他们也是基于自己的认知和生活经验而做出的评论。

“凡不能理解，皆因没有达到。”这是我在对任何一件事做出主观评判前，都会先提醒自己的一句话。

在这些年的看房经历中，我有一点感触很深：这个世界上总有人在过着我们没法想象的生活。

就说我看别墅的一段经历吧。路过一栋大房子时，售楼小姐轻描淡写地说：“这位业主买了两套别墅打通，把院子间的围墙拆掉了，简简单单做了个足球场。”

我哈哈大笑，重复了几次“简简单单做了个足球场”。这可是一套几千万的房子啊！你看，有钱人的生活就是这么平平无奇简简单单。

所以，不要因为超过了我们的生活经验就拒绝相信。房子也好，人和事也好，也许超过了我们的认知范围，但不代表它不存在。来过，看过，了解过，不一定非要得到，也不一定全盘接受，但不要一味拒绝相信它的存在。

世界观太狭隘的人，生活的幸福指数也高不到哪里去。

我的电脑里有一个文件夹，名字叫“梦想中的家”，平时看到各种喜欢的家具图，我都会存在这个文件夹里，它们代表了我理想中的家的模样，隔一段时间我就会翻出来看看。

前段时间再打开这个文件夹看时，突然意识到好多我曾经关于家的幻想，在当时以我的负担能力来说是异想天开，其实早就在不知不觉间实现了。

把梦想具象化，听着蛮鸡汤，不过这一点对我来说真的很管用。墙壁刷什么色调，光线从哪里射进来，想法越具体越好。不知不觉，我潜意识里就会朝这个目标去努力，这大概也是一种吸引力法则吧！

祝大家都能拥有自己梦想的家。

在拍《100个中国女孩的家》时，
收获了很多灵感。

时间有限时，如何买得稳准狠

在出差或者旅行时，怎样才能稳准狠地买到自己想买的东西？

提前列好购物清单

时间充裕的时候，我很喜欢漫无目的地乱逛。但更多时候，职场女战士们很难享有这么悠闲的状态。

到一个地方出差，事情办完，剩下的时间也没多少了，但不趁机去买点东西犒劳自己，也是有点说不过去。于是我们冲进一家购物中心，抓紧时间买买买一通，回来以后却发现，买来的东西很多并没有那么喜欢，或者需要的没买，不需要的却买了一大堆。还有一种情况是，看了半天啥也没买，因为不知道买什么。

这就是没有做好计划的结果。所以出差或者出游前，千万记得先列好购物清单。一方面，这样会让你更明确哪些想买、哪些不想买，另一方面，也可以根据清单再决定购物地点。

比如说我有次去香港参加活动，一看行程，只有一两个小时的购物时间，我列出的购物清单包括：

1. 衣服类：一件衬衫、一套轻礼服、一条牛仔裤

2. 鞋：中跟玛丽珍鞋

3. 气垫梳

4. 口红：豆沙色

5. 一对设计师手工耳环

6. 身体乳、去角质膏

列下来一看，除了手工制耳环在铜锣湾，因为没时间放弃了，其他的购物计划基本在酒店旁边就能解决。你看，提前列清单的好处显而易见，选一个这些品牌集中的地方，很快就都能买到了！

鞋子优先，因为合不合脚只有脚知道

小伙伴们说我特别爱买鞋。每次一起逛街，我都要去逛鞋店。

是我特别爱买鞋吗？也是。但还有一个更重要的原因：买鞋子一定要试过才买。除了很熟悉的品牌偶尔网购外，我的鞋子几乎都是实地试过才敢买，毕竟买鞋除了看码数，还要看楔形是否合脚、跟稳不稳、皮质如何等。

衣服和饰品还可以网购海淘。鞋子最好试过再买。所以，出差或者出游时，我一般第一站都是买鞋。

时间不够用，就去买手店

很多买手店卖的品牌都有自己的专柜，那为什么还要去买手

店呢？一是买手店卖的很多品牌和款式是买手挑选过的，一旦你找到一家自己喜欢的买手店，购物的效率就会大大提高，因为他们已经在海量商品中帮你筛选了一轮。另一个原因则是买手店集合了很多不同的牌子，时间不够用的时候，去那儿就可以满足大部分购物需求了。

买熟悉的品牌，当地品牌当地买价格最低

时间有限的情况下，直奔自己熟悉的牌子，是最省时省力的，有些甚至不用试就可以拿走了。本地品牌一般来说都是在本地买最划算。

买当地手工制品，但千万不要多买

每到一个地方，我都会买一两件当地的手工制品。不要买太多，尤其是特别有当地特色的衣服首饰，很多买回来以后根本不可能会穿。但买一两件，则可以给日常造型增加一些新鲜的元素。比如我从清迈买回来的一个藤编包就经常用。但其他逛市集买的各种花裤子，全都闲置了。

2019年，在巴黎塞纳河畔。

几个改变我认知的金钱观

之前我去作家黄佟佟的家，还拍了视频分享给大家，好几位小伙伴说，看到这么好看的家，自己被激励到了，想要努力“搞钱”，打造属于自己的美好空间。

有天我和佟佟聊起这件事，她很欣慰地感慨这是好事，以前的女性没有工作的权利和机会，只能“搞爱”，通过男人来安身立命，现在干脆是“老娘自己来”。是啊，“搞钱”只是一个好玩的调侃，背后是一个人安身立命的本事。靠本事可以“搞钱”，也可以“搞”到自信和价值感。

前面已经写过理财经和赚钱经，把存钱和理财的做法都毫无保留地分享了。有一点之前提过但没展开说，而我因为一些事对它又有了更深的感触：心态有时可能比方法和路径更重要。

是你不够努力、能力不够吗？未必。很多时候，是我们看待世界和生活的方式，决定了我们的做事方法，很大程度上也决定了事情的结果。赚钱这件事也是一样的。有时就算你把方法说出来，别人也不一定会照着做。所以下面我更想聊聊对钱的一些认知和观念。

把升职加薪的目标定大一点

我一直想拍一个视频系列，去采访那些在自己行业做到顶尖的女性。陆陆续续做了几期，采访对象都是公司的高管或老板。每次我都会提前征集身边人关心的问题，发现最多人想问的都是“如何升职加薪”。但是如果没有想清楚升职加薪的逻辑，它很可能会变成职业道路上的一个陷阱。

我们一般会觉得，加薪要靠提要求，隔一段时间去跟老板谈判，才能涨个几百几千。这是错的吗？倒不是。但根据这个逻辑，就算要求得到了满足，薪酬提升的幅度也是非常有限的，而如果要求失败了，则会令人产生很多消极的想法，甚至会影响工作的状态。

试试把升职加薪放到未来几年的时间段来看，定一个稍微大一点的目标。比如说，你希望未来五年里，自己的年薪从 10 万元涨到 20 万元，以此为目标，就不大会去计较眼下工资能不能涨几百元，而是把更多精力放在未来怎样去实现这个目标上——是迅速提升技能创造更大价值，还是帮公司解决一个难题，或是开拓一个更有“钱”景的新业务……

又比如，你希望实现年薪翻番的目标，却选择了一个稳定、舒服的岗位，工作压力相对低，但薪酬短期内大幅提升的可能性也较小，那你就要考虑要不要转到一线业务部门，比如销售岗。虽然当下的底薪要比现在少得多，但做得好的话，收入会获得更大幅度的增长，实现目标的可能性也更大。

再比如，你致力于快速提升自己的技能、竞争力，广泛积累人脉资源，那么从这个出发点来看，比起薪酬，你会更看重和优秀的人共事的机会。之前我很喜欢当记者，很大一个原因就是有机会接触到最厉害的人。当你接触到的都是专业的人，虽然当下的收入并不会增加，但如果你善于“偷师”，你的竞争力就会快速提升，“搞钱”本领也会增强。

把“为什么不给我升职加薪？”换成“我为什么值得更多薪酬？”你的心态和做法会大不一样。在任何地方，升职加薪的基本逻辑都是相同的：你创造了更大的价值。当你不是为了某个具体的数字，而是围绕一个大一点、远一点的目标去努力的时候，你的选择和思维方式会完全不一样，结果也自然不同。

时间花在对的地方也能挣钱

每到大促的时候，身边总有人特别忙，要么蹲守一晚上抢直播优惠，要么为了拼单，不断拉人劝说。最后确实省下了一点钱，但半天的时间就这么过去了，那点钱好像也不够自己干吗的，人的精力可不就是在一件件这样的小事里分散掉了吗？

我有天还开玩笑说，是我们不明白这个道理吗？静下心来谁都明白，为省钱付出的时间和精力明明可以用来创造更大的价值，比如写一篇稿，多联系两个客户……但没办法，人性就是更容易被唾手可得的短期利益吸引。结果表面上省了钱，实际是亏了。

2020 年上海迪奥直播间。
第一次直播时好紧张，第二次就从容多了。
挑战自己害怕的事情有一个很大的好处，
一旦试过就没有那么恐惧了，
还会发现新的乐趣。

之前有个读者留言说，她管理着一家不小的公司，有两个孩子，几乎每天都会自己做晚饭，还坚持阅读、锻炼、护肤等。我在后台和她聊了一会儿，问她能不能分享一下时间管理的方法。她说，很多人会把时间放在低效率、低产出的事情上，所以永远觉得时间不够用，其实可以花钱让专业的人帮你解决一些杂务，自己腾出精力去做更高效能、非自己不可的事情。

人的精力是有限的。就像忙碌的职场女性，回到家又哼哧哼哧地做了半天家务，确实省下了钱，也把自己累得半死，而这段时间本来可以花在提升自己或者好好休息、积蓄能量上，当下看似没有挣钱，未来却有可能带来更大的“收益”。

我们如果一直觉得省钱最重要，可能就会一直陷在这个模式里面。省了这点钱，还要投入更多精力去省更多的钱，就再没有时间去思考真正重要的事情。而时间才是我们最宝贵、最不应该被随意浪费的资源。

可能会有人说，如果是家庭主妇或者赚的钱有限，那可不得精打细算、亲力亲为。但你们有没有发现，有些人连做全职主妇都比别人做得好，有些人做钟点工也做得比其他人好。所有在同一个行业里能做到比别人优秀的人，做法看似不同，背后的认知逻辑大体是相似的。

懂得让利，赚到的可能会更多

我身边两个朋友换房的故事，还挺有意思的。

大家买房可能都找过中介，我有个朋友不仅找了中介，还找了一个代理来帮她对接中介、规划买房的周期和把控流程。身边这么多人买房，她是第一个这样做的人，为此多付了一个点的成本！我们所有人听完的第一反应都是：没必要多花这个钱吧？

但因为她是为孩子上学换房，买卖之间，一个环没扣上，可能就“无家可归”了。幸好代理很专业，帮她把控好每个环节的衔接，一买一卖的流程中，无论是合同准备及签署，还是和各个中介对接，都是对方一手包办。她几乎没操过心。

她后来还跟我们说，这个钱花得太值了。她复盘后觉得，如果是自己亲力亲为，时间不够加上不够专业，只要有一个环节出问题就可能换不成房，那麻烦和焦虑可就多多了。

而另一个朋友呢，买房的时候花了很长的时间跟中介砍佣金，最终比行规少付了不少钱。成交了很久以后，她跟业主变成朋友，闲聊的时候才发现，原来业主卖房的预期价比成交价要低足足 100 万！就因为她执迷于压低中介费，所以她的中介完全没有帮她跟业主谈判价格，最后她看上去省下了一半的中介费，实际上多出了 100 万的房费……

这就是认知不同带来的行为差异最终导致的不同结果。

举这两个例子是想说，我们有时很容易会从成本的角度想问题，希望尽量把投入产出比和利益最大化，但省下的那点成本，很有可能在其他地方需要我们付出更大的代价。无论做什么，有共赢的意识是很重要的。

拿花钱这回事来说，花出去的钱有一些是投资，有一些是消费，还有一些是浪费。如果花钱能换来更好更专业的服务，能帮你省下或赚到更多钱，那也是一种投资。

正视“搞钱”的欲望

有一次，化妆师唐毅老师来工作室，我们聊到了爱美这件事情。他说，并不是人人都应该通过学化妆来变美，但如果心里想着变美，嘴里又说自己不需要，那就太别扭了。这就是一个怎么面对自己欲望的问题。

其实对待“搞钱”，最后也是要回归到这个问题上。

前阵子，我在微博上推荐了我追的一部网飞纪录片《假装我们在城市》（*Pretend It's a City*），女主角弗兰·勒博维茨（Fran Lebowitz）说，据她多年的观察，人一定是非常想有钱才能有钱，如果你并不怎么爱钱，或者就觉得自己不可能赚到钱，那一定是搞不到钱的。哈哈，虽然毒舌，但也真的很有道理呢！

只有敢想，且正视它，才会激发出行动力，这种欲望不知不觉根植在你的潜意识里，当遇到好的机会时，它才会爆发出最大的能量帮你去实现。

当时我就截图发给崔斯坦调侃说，是什么阻止我们变成真正的有钱人？好像是我们爱钱爱得还不够嘛！

搞钱和爱美这件事差不多，有些人还是抱有一种“拧巴”的态度，不想承认自己在意，或者假装不在意，但内心又很纠结，

因为太喜欢写手帐，
跟故宫推出了好几本联名系列，
还拍了这张很喜欢的片子。

结果行动力不足，心态也不好，把自己给折磨死了。因为你的想法对别人不重要，内耗的痛苦全是自己的。与其假装自己没有这个欲望，还不如正视它、解决它。想要钱，就去挣钱。不要总想着暴富，也不要认定自己肯定赚不了钱。

理财意识要有，但没必要投入太多精力

有段时间基金跌得比较厉害，身边不少人都在哀号。我经历过两次牛市到熊市的起落，也有一点小小的观察。

我刚当记者的时候遇到过一个大牛市，当时身边的氛围无比夸张，基本上大家一见面就会讨论股票基金又涨了多少。很多同事都在说，写稿有啥用啊，写一个月还不如基金（股票）挣得多。大家都忙着买基金，花很多时间研究涨跌，给我的印象非常深刻。那段时间，很多人都不想跑采访写稿，把很多采访机会都给了我。但没过多久，股市持续大跌，周围的人又是一片哭天抢地，我身边好几个同事教训非常惨痛，才慢慢把心思转回到工作上。

结果等到下一波牛市来时，这一幕又重演了。

在基金涨的时候，大家好像很容易会觉得，做啥工作呢，基金随便涨涨，收益都比工资高。但经历一波大跌就会发现，靠它赚大钱就像镜花水月，这种收益是比较短期的。

理财意识是必须要有的，但我个人觉得没必要在这上面投入过多的时间精力。如果可以理的财本来不多，不仅浪费了大量的时间，收益还非常有限，不如把这个工夫投入到精进自己的职业

技能上。可能我比较保守吧，始终还是觉得：无论是理财还是搞副业，对于大多数像我们这样的非专业人士，风险很大不说，就算能赚钱也是有限的，只有认认真真搞好主业，才能真正实现财富提升。

认知决定了我们赚多少钱

每次做读者征集或者私物分享的时候，都会引来一些“不同声音”，比如：“有买包的钱，为什么不拿来孝敬父母？”、“花那么多钱买东西，为什么不出去旅行或者用它来提升自己的眼界见识？”

很多次我都忍不住想回复：“你怎么知道她们没有呢？！”

关于购物这件事，喜欢又负担得起就买，认为没必要花这个钱或者有其他自己觉得更值得花钱的地方，就不买，没什么好纠结。我想讨论的也不是买不买包，只是想借这个例子说说：一定不要因为一件事情超出自己的认知范围，就抗拒它、排斥它。因为生活真的充满各种可能性，世界比我们想象得大多了。

很多时候是观念和认知决定了行动，行动改变境遇，然后带来新的收益。

那天我跟工作室的小伙伴聊到写稿和做方案，我说任何文案都不是光靠临时努努力就可以做出来的，一定要认知和眼界到了那里，才能够看到跟别人不一样的东西，写出和别人不一样的文案。赚钱其实也是依靠思维和观念的转变。有一句话不是说吗，人是赚不到自己认知范围以外的钱的。

最后还想多说一句。虽然我也觉得“搞钱”这件事很重要，但钱本身是没有价值的，它只有在让我们的生活变得更好时才会产生价值。如果把钱看成唯一的目的，为了“搞钱”而完全抹杀生活的多样性和其他可能性，也是没有必要的。

当我们在谈论搞钱的时候，心里想的其实是：财务独立。而财务独立，是一切独立的基础。

Part 3

不要停止生长

前阵子接受了一个采访，最后一个问题是：你对自己最满意的地方是什么，最不满意的地方是什么？据说她们也让崔斯坦、王大R等人针对这个问题对我进行了“点评”。结果发现，哪怕是和我朝夕相处的小伙伴们，在“最不满意的地方”这个问题上的答案，也都不一样。

我说出答案的那一刻，现场的人都不约而同地发出“啊？！”的一声。

你们猜猜，我的答案是什么？

是懒散。

跟拍了我两天的记者、导演组的人，以及助理们，在旁边都惊呆了。她们在“啊”完之后又齐声问：“你这还叫懒散啊？！”

在很多人眼里，我算是很自律的人了。客观来说，我也确实算得上行动力很强。但即使这样，我依然深知自己本质上是个懒散的人。

大家看到的“自律”形象，倒不是刻意营造出来的人设，而是我一次次和内心那个“懒惰”小人拉扯打斗之后的结果。

管理自己从来都不是一件容易的事。我也是通过很多年和内心“懒惰”的小人的拉扯过程中，才慢慢找到了某种平衡。

我的时间管理大法

当博主的前几年，我的工作强度比现在还高。出差最多的时候一个月去了七个不同的城市。高密度地出差，加上不同时差的影响，连续两三个月每天只能睡三个小时左右，自己都觉得快要撑不下去了。

刚好那段时间南方航空杂志《空中之家》的记者问我：“你有没有想过自己为什么会成功？”我说：“我并不觉得自己成功啊，忙得连睡觉的时间都没有，怎么能算成功呢！”她听完笑了。完全是真心话。我一位毒舌的损友就说过：“居然还有人羡慕你呢？！你这样的生活，我是一天都不能过的，太可怕了。”

当时那种筋疲力尽的状态让我开始反省：如果要对这件事保持更长久的热情，就必须找到一个更好的节奏。否则太快把力气花光，就继续不下去了。

我从来没当过朝九晚五的上班族，无论是当记者还是做博主，都是相对自由的职业。所谓的“相对”是指，虽然没有人规定上下班时间，但这也意味着生活和工作的界限非常模糊。如果不好好管理时间，那么很可能工作会变成我生活的全部。当然，另一种可能性是，没办法好好做完自己的工作，光顾着玩去了。

而我很贪心，希望两者兼得。

来说说那些对我来说行之有效的方法吧：

一次专注做一件事

前面说过，我其实是个拖拉散漫的人，之前做电影记者时，跟我合作很多的编辑 Howie 就老说："我没有见过时间管理比你还差的人了。"我反驳他："但是我从来都准时交稿啊。"他苦笑："那是因为你的效率还比较高。"

没错，我做事超级高效，无论是采访写稿还是玩，哈哈。效率高并不是天生的，而是可以通过训练提高的。

我写稿写得很快，熟能生巧是一方面，另一方面是要找对方法。带实习生和编辑助理时就发现，有些人总是进度特别慢，因为她们在写稿过程中，会不时去看看各个网站又发生了什么事，刷一下朋友圈和微博，或者写了没几分钟，就看看收到什么新消息。这样一来，效率能提高才怪呢。

而我习惯一次只做一件事。写稿时，我会把手机调成静音，放在一边，然后全情投入写稿。不会开任何即时聊天工具，或者边写稿边听歌之类的。因为思路或者状态一旦被打断，要再次集中投入到这件事情上，就没那么容易了。

一次专注做一件事，不仅更高效，更能让我们享受当下的那一刻，也可以训练自己的专注力。

至于很多时间管理书上推荐的"利用碎片时间"，还是留给那

我已经不记得有多少次，
在机场候机大厅、化妆间、
秀场后台埋头写写写。

些我们大脑真正处于放松状态下的时间吧——比如坐地铁、等飞机时，就可以看看微博、刷刷热门视频什么的。

固定同一个时间段做同一件事也会更高效。固定的事在固定的时间做，久而久之，一到那个时间，脑子就有自动反应机制。这个方法尤其适用于那些我们想做又一直拖着不肯做的事。比如说背单词，我把它安排在饭后需要站立的那半小时，一开始很不情不愿，但一段时间后，每次吃完饭我就会自动打开记单词软件。

回复微信、邮件安排在固定的时间段

提到不看手机，很多人的第一反应都是：怎么可能，万一错过什么重要信息怎么办？

自从智能手机成为重要的通讯工具后，我们都得了一种“不看手机就会随时被世界抛弃”的焦虑症。无论做什么，都忍不住隔几分钟就去看一下微信，生怕错过什么。我大部分的工作对接都是通过微信和网络完成的，时间更容易被各种信息分割成碎片。只要微信有新提醒，就第一时间去看，导致写稿很难集中精神，总是被各种信息带偏，效率变得特别低。

举个大家都会遇到的例子。微信上经常会有人发来消息，问一句“在吗”。你回复以后，他又半天不再吭声。而你的情绪已经被打断了，就算回去继续做手头的事，也会忍不住想，他是有什么事啊。

后来我试着把回复微信统一安排在固定的时间段。比如说，每隔半小时到一个小时看一次。那万一错过一些重要信息或者重要客户怎么办？我曾经认真对每天接收到的信息做了梳理，发现 90% 以上的微信消息都不是需要即刻做出回复的。真正重要的人和事，也不会因为一条没有及时回复的消息就错过了。

而且，让别人适应你的工作方式也很重要。一开始这样做的时候，身边的朋友、同事和客户也会玻璃心。但慢慢地，当她们了解了我的工作习惯后，也就会做出相应的调整。

如果真的碰到重要信息没有及时回复的情况，我也会先解释自己的工作习惯，基本上都能获得理解。

不要让各种“小忙”偷走你的时间

还有很多时候，我们没有足够的时间做自己想做的事，是因为很多时间被“偷”走了。比如说，明明想专心做手头的工作，但突然有人跑来问你点什么事，或者让你帮点什么忙。这跟前面说的回复微信其实是一个道理。

每个人都觉得自己的事情最重要。举个例子，我以前在报社的时候，经常写稿写着写着就有一些同事或者同行，来问我要某人的联系方式，让我帮忙约采访、打招呼之类的。一开始，我觉得人家很着急，就会先放下手头的事去帮忙，有时候大半天就这样不见了，自己截稿时间到了稿子还没写完，只好“百米冲刺”，搞得心惊肉跳。

现在我也经常遇到这样的情况。比如常常会有人问我各种问

又拍到了好看的落日金边，
请叫我“落日收集者”。

题。一开始，我都会快速耐心地一一作答。后来，这种咨询真的太多太多，挤占了大量的时间，也打乱了正常的计划。各种各样的“小忙”一多，很容易就打乱了自己的节奏，让自己陷入焦虑。

那就不帮忙了吗？分情况。比如说很多问题都是自己上网搜索一下就能查到的，我就会直接让他们去搜索。而真需要给建议的问题，我会找个空余的时间回复。哦对了，那些大段大段发语音的人，我一般会直接让对方发文字信息来，把事情简要说清楚。结果很多人看到这个要求后，就消失了……

学会拒绝并不容易。但当我意识到保持自己的节奏更重要时，就能学会说“不”了。

把生活也管理进去

经常有人问我，每天拍视频、写稿、出差这么忙，为什么还有时间做护肤、健身？

不只是护肤健身，我还会每天午后或者晚上留出一小段时间跟家人喝功夫茶，每天至少带小福出去散一次步，每天至少阅读半小时，每周至少看一部电影……

怎么做到的？并不难。

往往越忙的人，反而越能坚持运动，是因为他们做事更高效吗？未必。有次跟朋友午餐，他问我：“你现在没那么忙了吗？居然还可以在工作日出来吃饭。”我说：“不是啊。我只是提前把跟你吃饭排进了日程里。”

当全职博主的第一年，我连周末都很少跟朋友聚会。以前每周定期见面的朋友，都有一年多没见过我。黄毒妇她们曾经因为约了我很多次我都没空，只好买了小龙虾送到工作室来，这才算是跟我吃了一顿饭。

但那并不是我想要的生活啊！我理想中的生活是：工作时尽情工作，玩的时候尽情玩。再忙都要有放空、阅读和娱乐的时间，再忙也要有时间约会、陪家人、跟朋友玩。所以，当日更新和连轴转的出差成为生活常态后，如果不想被工作挤占全部的时间和精力，我就必须想办法做好平衡。

平衡的方法就是：把生活也纳入时间管理里。

这样做以后，效果还蛮明显的。比如说，计划每年带家人出去旅行一次，那就提前排今年的“大事记”。如果什么都想着“等忙完”有空再说，那些对我们来说很重要但也许没有那么紧急的事，就会一直推后，或者永远不可能真的开始。

就想想刚刚过去的那个周末吧。你是不是累得瘫在沙发上，刷刷朋友圈、购物网站就过了一天？如果提前计划好，说不定你已经度过了一个多姿多彩的周末。

偶尔没有跟着计划走，也别焦虑

不是有一句话这么说吗，时间最不公平了，不重视它的人觉得每天时间很多，不知道怎么打发，重视它的人又总是觉得时间不够用。简直是戳心。

自我要求严格的人很容易会陷入追求完美的焦虑中。这恰恰是时间管理上的一个老大难。

有段时间我的推送总是发得很晚，而且越来越晚。就因为总觉得稿子还可以改得更好，图片还可以找到更美的，标题还可以想到更妙的……于是，就一直改改改。是的，只要有足够的时间，稿子永远可以写得更好，方案永远可以做得更完美。这恰恰是个时间黑洞，因为一旦这样想，稿子就会没完没了一直改下去。

意识到这一点以后，我就开始调整自己的心态。这并不意味着我放低了标准、放松了要求，而是我接受了一个事实：本来就没有什么完美的稿子，**在有限的时间里尽自己最大的努力就好。**时间管理也是这样。虽然做好时间管理很重要，但也不要给自己太大的压力。就算没办法完全按照计划来，也没什么大不了的！

别忘了，做时间管理，是为了让我们生活得更从容，而不是更焦虑。就算是现在，我也没有把工作和生活平衡得特别好。偶尔还是会累到怀疑人生，偶尔推送还是会迟到，但这又有什么关系呢？只要我们知道事情在向着好的方向发展就好了。

更何况，回头想想，那些我们当时觉得虚度的时光，往往是最美好的时光。比如和久别重逢的朋友聊了个通宵，某个午后不想好好写稿读了很多首诗，放下没写完的稿和他去看了场电影……

如何克服拖延症

学会取舍

过去很长一段时间里，我都习惯先处理手头那些最急的事情。可能是以前当记者跑新闻养成的习惯吧，总觉得时效性优先于其他。

当博主之后，每天醒来微信未读消息上千，未接电话也挺多。刚开始，我总担心自己没有及时回复，耽误别人的事。结果总是陷入一种状态：早上八点起来，回微信消息和电话就能回到中午一点，然后匆匆忙忙开启一天的会议、活动和写写写。

后来我发现，很多所谓很急的事情，只是对别人来说很急，对我而言并不是，于是我就调整了自己的节奏：用手帐列各种清单，大到年度清单，小到每天的清单，把自己想做的事情写出来，然后在日程计划里，坚决贯彻以“想做”为优先顺序的原则，先把自己觉得最重要的事情完成了，有余力再处理其他事。

所有的时间管理和精力管理，最重要的一条都是先想清楚自己想要什么。如果觉得太难了，那么至少先想清楚，这个阶段对你来说最重要的是什么。

大家知道的，我是运动学渣。几年前有一次照镜子，突然发现自己体型好差啊！于是重启了控制饮食和健身的计划。

一开始，我是想练腰腹的。对着镜子，发现背变厚了，肩膀也不是很直，臀部也不是太满意，都想练。我就跟教练说，不如我们调整一下方案，腰、腹、肩、臀一起练吧。教练有他的坚持，他不同意：一个练好，再练另一个，你越着急反而什么都练不好。

有时候坚持不下去，不是我们不够有毅力，而是想坚持的事太多。但谁也不是超人，时间精力都是有限的，要想忙而不盲，得学会取舍，先做好自己最想做的事，放弃那些暂时做不到的事。

学会分解目标

2019 年的时候，我给自己设立了一个小目标——写一本书。

老实说，写东西对我来说不是一件多难的事。不管是以前当记者还是现在当博主，我一直都在写写写。但即使是这样，一想到要写书，我还是很头大。毕竟，出书对我来说是一件很严肃的事情。

而我平时的写作量已经那么大，日程已经那么满了，真的还能输出不一样的东西吗？本着这样的担忧，书稿一拖再拖，迟迟没有开始。

很多时候，我们拖延一件事，并不是因为懒，而是因为太在乎。觉得这件事太重要，担心自己做不好，或者达不到满意的效果，于是迟迟不敢开始，这是我拖延很多事的原因。

做年度计划的时候我把写书列入了年度清单。没有人拿着鞭子抽我，也没有什么别的压力，只是觉得，是时候完成这件事了。

开始起来居然没有那么难。方法很简单，就是分解目标。当我决定启动书稿写作时，先拉了个时间表，把讨论、写作和修订等事情做了个倒推计划，然后在电脑桌面建了一个文件夹，列出想写的小标题。每天不管有什么事，都会抽固定几个小时完成它。

然后，就这样一天写一两章，除非出差飞行太久，或者参加活动又要写稿实在困得不行，会停一两天，其他时候基本都按计划顺利推进。

一口吃不成胖子，一下练不出完美体态，一天也写不成书。但没有关系，十万字看似遥不可及，只要一天写两节，慢慢就可以完成，这样一想，就是努努力可以化解的焦虑。

我的第一本书《今天也要认真穿》就是这样完成的。

先解决难的事情

畏难心理大家都有。我以前总是先约那些容易约的人，先写容易写的稿，难约的采访对象、难做的稿子，总要拖到实在拖不下去才启动。结果就是，哪怕我在做其他事，一想到最重要、也是最难的事没解决，就很焦虑，哪怕玩都玩得不痛快！后来我干脆反过来，先解决那些“老大难”。

刚开始也是硬着头皮去做，然后就神奇地发现，**所谓难的事情，做起来往往没有想象的那么难，因为恐惧自动加了滤镜。**先做难事，因为本身知道它很难，做起来反而容易专注于事情本身。

而且不管做什么事情，往往都是刚开始做时精力最好，拖到不得不交差时，哪怕赶到心跳加速，做出来也不满意。一旦最难的事情做好了，对自己很满意，自信心也倍增，做其他事情的时候，简直太简单了！

就拿练瑜伽来说，我每天逼着自己一早起来就去练，时间久了，这反而成了我起床的期待。每次练完会觉得全身都拉伸开了，很舒服，可以神清气爽地去工作。

不轻易打破原则

有人问我，无论是做图文还是拍视频，都做了这么多年了，你是怎么一直找到新的灵感的？

我也很难相信，这么多年了，居然还有分享的热情。

最重要的原因当然还是喜欢。不喜欢的话是坚持不下去的。次重要的原因来自于自我约定。自从当了全职博主，我就跟自己约定会保持稳定的更新频率。对于自己定下的原则，我还是希望尽力做到。

当然也会遇到一些困难，其中一个来自我的“完美主义”。比如每天晚上的推送很多时候十点就写完了，但我总想着：要不要再顺一下文章的逻辑，再换一个更贴切的例子，再找一遍错别字？改来改去到了十一点多，我又会更焦虑，怕过了十二点，推送还没发到大家手机上。不知道灰姑娘赶在十二点前回家有多狼狈，但我觉得自己每晚也不比她好多少。

说好要做大家会迟到但一定不会缺席的“女朋友”，就要接受完整比完美更重要。到点了，就发吧，还不满意的，下一篇再继续完善。

村上春树在《当我谈跑步时，我谈些什么》里写过：“不管奔跑速度降低了多少，我都不能走。这是原则。违背了自己定下的原则，哪怕只有一次，以后就将违背更多的原则……”我还做不到像他那样，一次也不违背自己定下来的原则，但我也希望能努力做到对自己的承诺。

这么多年来，我只有偶尔几次因为特殊情况没法更新，而且都会跟大家“请假”，然后再补回来。这不是担心掉粉，也不是怕大家忘了我，而是基于我对自己的了解。没有人比我更了解自己，如果一开始没有定下更新的规律，随性而为，以我懒散的个性，可能慢慢就不发了。

用进退废。正是因为这样有规律地输出，我反而不觉得坚持下来是一件多可怕的事情，灵感也会不断地冒出来。

把想做的事告诉身边的人，让全世界监督你

我经常做一些“打卡”。打卡的初衷，是希望大家可以互相监督、互相鼓励。比如贴墙站打卡，还有在微博上发晚安电台。其实一开始发这个，只是因为我很爱在睡前听歌，有时候听到喜欢的，随手就分享了。发得多了以后，干脆开了个“晚安电台”，希

望每晚用自己喜欢的歌跟大家说晚安，很有仪式感地结束这一天。

但是，任何事情坚持下来真的都不容易。有时发完推送，一直忙着在后台回复留言，会记不起要在十二点左右发首歌、跟读者们道声晚安。想起时，通常都到了凌晨，我会纠结还发不发。

往往是看见大家在留言里说的“卡卡，等到你的歌才想睡觉”、“卡卡，今晚怎么没更新歌啦？晚安”，我才惊觉，原来有人在等我。

适当给自己一点甜头

2019 年上半年有段时间，为了写书，我每天睡得挺少的。很多朋友劝我，干吗把自己搞得那么累啊，书又不是非写不可，出版社也没有要求你逾期交违约金，干吗非得每天写。

我的很大动力来自于：我下半年要休一个长假，所以我会在上半年把书稿完成。看出来了吧。每当完成一个重要的目标或者挑战了一件很难的事情，我都会给自己一点甜头。

之前去健身，练背的时候真的蛮辛苦。教练每次要我做的那些动作，我都觉得是我这辈子的运动极限，而下次课他又给我更多挑战。那段时间，扛着酸痛的后背，我咬牙坚持的动力就是：等瘦下来，等背美起来，要奖励自己一条看中已久的美背裙。夏天到了，就穿着它出去好好度个假，这样一想，在健身房流的这些汗，也算“物有所值”。

延迟满足的好处就是，我真的动力满满地做到了。当我的腰围从 68 厘米变成 62 厘米，当穿上那条裙子，腰上没有两块被挤出来的赘肉，我的快乐是翻倍的。身体更轻盈的快感，加上得到心头好的快乐，简直一次性大满足！

到现在，每次翻衣橱看到那条露背裙，我都心情大好。一看到它，就想起那些咬牙坚持、管住自己的时光，真有成就感。

快坚持不下去的时候，告诉自己再坚持一下

有段时间，我在追一档音乐综艺节目，有一期被刺猬乐队的歌感动得不行。而那首歌，就是主唱赵子健在快坚持不下去、想放弃的时候写出来的，所以充满了爆发力和生命力。

有一次半夜被问道："卡卡，做一件事情做到快撑不下去了想放弃的时候，要怎么说服自己坚持下去？"我说："告诉自己，再坚持一下下吧。"因为很多次，在遇到瓶颈的时候，我都是用这句话来推自己一把的。几乎屡试不爽的是，很多难关，再坚持那么一下下，真的就过去了。

说真的，逃避和放弃永远是最容易的选择。如果你在纠结要不要坚持，说明你还是很想做那件事的，不如再给自己一个努力的机会。

我常常看到"习惯性成功"、"习惯性学霸"之类的说法。其实哪有什么"习惯性"，无论技能、思维还是品格的养成，都需要漫长、反复的练习。

说到这个话题，乔伊姐姐告诉我，她读大学的时候学过一学

期西班牙语，完全是当业余兴趣学的。西班牙语里有个大舌音挺难的，但又必须掌握。有的人很快就掌握了发音技巧，她有个好朋友没去学，只是听她在那里说，不用一周就会了，她弟弟也很快就摸到了门道。而她自己呢，怎么都学不会，这让她很沮丧。

天蝎座不服输的她，就每天一个人去操场不断地练习，这是一个很枯燥的过程，过了快半年，才终于学会。

她说，其实现在想想，除了可以偶尔在朋友跟前炫耀两下，学没学会这个大舌音对现在的工作或者人生并没有多大的影响，基本用不到。但我觉得，人一旦通过努力做成一件想做的事情，慢慢就会形成积极的做事态度和思维模式。

很多人问，怎么才能变得更自信？多做成功几件事，哪怕是很小的事，你的自信心就会慢慢养成。放弃一件事没什么，也许对你的生活也不会造成什么影响，但值得警惕的是养成放弃的习惯。

快坚持不下去的时候，告诉自己再坚持一下吧。**瓶颈期往往是下一个境界的入口。**

停止对自己的打压，不必事事都做到一百分

这几年，我一直在微博做“今天也要认真穿”的私服打卡。刚开始打卡时，我觉得挺难的，每天出门都很匆忙，要穿衣打卡，就不只是“认真穿”了，还要认真拍。我是一个不爱自拍的人，手机里一年到头都没有几张自拍。

一开始在微博上更新时，也说好是二十一天的穿衣打卡。后来越来越多的人加入，我也就不好意思放弃了。

有一次发完推送，突然想起今天没发“认真穿”，我内疚地跟乔伊说：“跟你说个很严重的事情……我们今天没发穿衣打卡……”说完，两人默契地安慰对方：没关系。

但转念一想，原本说好只做二十一天，现在它不知不觉成了一个常规栏目，这已经是惊喜了。

既不要习惯性放弃，也没必要把自己逼过了头。

很多年前，一位好朋友跟我说过一个让我有“醍醐灌顶”之感的观点。那是我第一万零一次在朋友圈发誓要早睡早起后，他专门来找到我，说：既然你一直做不到，何必苦苦逼自己呢。这样会陷入一个恶性循环，每天都做不到，于是每天都在自我否定。

哪怕是很小的目标，都要先想想要不要把它作为目标。如果一个目标让我们反复“打压”自己，那就没必要定。

在他说这些之前，我其实也没有意识到，这些年因为养不成早睡的习惯，我一直很沮丧，不知不觉每天都在“打压”自己——觉得自己不够自律，不够有控制力。这是一种非常“家长式”的行为，我们小时候很讨厌父母这样打压我们，其实不知不觉中，我们也在这样对待自己。

把自律作为唯一的标准时，我们容易把一切失败归咎于自己不够努力，时时刻刻处于自我责备之中。这是毫无必要的。当我意识到这一点后，就把“早睡”换成“多睡一点”。发现做到容易多了，也不像以前那样每天晚上临睡前和起床时都在自责。

自律只是一个方法，不是目的。学会与自己和解，跟战胜自己的软弱一样重要。

那天跟崔斯坦聊自我管理这个话题，我问她："你觉得怎么样才算把自己管理得挺好？"她说："应该是觉得生活有一点点累，但一天结束时会很有成就感。"

每一个人的"痛点"不同。对我来说，比较好的状态，是时时跟自己内在的小孩对话，接受它的惰性、散漫和拖延，在这个基础上，努力做到今天比昨天好一点，然后静待时间的魔力。

偶尔有退步和反复，也不用太责怪自己。管理自己的过程，也是跟自己的内在小孩对话的过程。在这个过程中，我们慢慢发现自己，了解自己。

内心的小人一直在"打架"，说明我们从未放弃过自己啊。

我做过的最好的投资

让自己不要停止成长，就是最好的投资。

发展一项自己的兴趣

Instagram 上有一位来自美国的时尚博主凯蒂·罗杰斯（Katie Rodgers），她做的应该是所有女孩梦寐以求的工作吧——为漂亮衣服画画。

只有二十几岁的凯蒂·罗杰斯原本只是一个普通的小镇姑娘，还曾是一名实习生小跟班。原本的工作也和插画无关，但因为从小就喜欢画画，她有一天突发奇想，开始在自己的主页“纸质时尚”（Paper Fashion）上展示一些美美的时装插画，很快引起轰动。她在Pinterest上的粉丝已经超过四十万，很多时尚大牌都来邀请她合作。

其实我们小时候都有很多兴趣（反正我兴趣超多的），但由于各种原因放弃了大部分。如果你现在做的就是自己感兴趣的工作，那当然是最好的。如果不是，不妨试试在工作或课余时间发展一下自己的兴趣，说不定它会给你的人生打开另外一扇窗呢！

做博主，就是我当时在工作之余凭兴趣和直觉做的。因为它，我才会遇到大家。

找到一个自己喜欢的运动，并坚持下去

运动的重要性怎么说都不为过：它会让你更健康地瘦下去；它是最好的“美颜神器”；它比任何手术打针都能对抗衰老……还有一点，我一直忘了说，那就是，运动能让人快乐。只要你开始动起来，就会发现，它是赶跑负能量的小能手。

同样是在社交媒体上很火的中法混血模特阿德里安娜·胡（Adrianne Ho），就是因为主张运动而成为时尚偶像的。她变成“健身狂人”的原因其实和我们也很像，就是“因为每天连轴转地工作，压力太大了，必须想办法让自己过得更健康，来适应新的环境”。

对于很多还没真正动起来的人来说，要坚持下去并不容易。所以我建议，不如报个健身班吧。花了钱以后，坚持下去的可能性比较大。有条件的话，请个私教，除了能更有针对性和更安全地健身外，他也会拿着小鞭子抽你动起来的！

阿德里安娜·胡创办了一个名为“挥汗风格”（Sweat the Style）的网站，推广她认为健康的生活方式，其中有不少类似“鸡汤”的寄语。其中有一句就是：请投资你自己。

不记手帐，不知道自己潜能无限

手帐的用途真的很多，有的人写日记游记，有的人记录工作，还有的人拿来画画……不管怎么利用手帐都好，只要开始并坚持下去，对自己都是宝藏。

大家肯定不相信，我报过三次驾校班，但三次交的钱都打了水漂。每次都是因为我一直拖着没去上课，后来，报名过期了……再后来连我爸都看不下去了，说我要是学会开车，他就倒着走。

直到开始用手帐，很多事似乎“开挂”了。

我用手帐主要是用来记录，包括每年和每月的计划、每周想做的事情。每年年底和开年，我们都有很多新计划新设想。但日子过着过着，慢慢就忘了年初自己都有过什么计划了。写下来就不一样了。将梦想 / 计划写在纸上，而不是埋在心里，会促使你更努力去接近和实现它们。平时看到或者想到什么，我也会随手记下来。还有一些我特别想记下来的日子或者事情，也会用手帐补记。

每到年底，翻翻自己的手帐本，知道自己这一年都在为什么而奔忙，而不是每日困于各种琐事中迷失了方向。

我一直有记录的习惯，很想用文字留住的记忆，用手帐就挺方便。所以我买的手帐本一定要有空白页可以随时记录。我特意去翻了下几年前的手帐，好几条现在看到依然觉得很温暖：

> 我们工作室的小可爱实习生福克斯，每次我手忙脚乱地把当天推送的预览发到群里，让大家帮忙看看错别字，她都是第一个回应“来了”的人。有一天我刚发完预览，她又像往常那样跳出来，打出那熟悉的两个字：来了。其实那天是她刚结束在这边的实习、去新单位报到的第一天。

现在福克斯是我们工作室的“老员工”了，兜兜转转她又回来了。

有段时间满世界飞，不是在飞机上，就是在去机场的路上。我的脚趾在冷的时候很容易抽筋，有一回飞机上温度太低了，两只脚都抽筋，不断按摩、搓热、用毯子包住都好不了。南航的空乘大概是看出我痛苦的样子，过来问怎么回事。我说脚太冷抽筋了，一会就好。没想到他竟然拿来一个灌满热水的大矿泉水瓶说，用它捂捂会好得快些！本来想记下他的名字表扬一下的，但瞄了几眼都没看清名牌，只看到他姓余。

这些温暖的瞬间弥足珍贵，所以每次遇到，我都会把它们记在手帐里。灰暗的日子里，看看这些温暖的小瞬间，非常治愈。

记录真的是一个特别好的习惯，它可以让我们更好地了解自己，更好地整理自己的生活。认真用手帐的人，都是用心生活的人。

每年列一个心愿清单

我每年开年的第一个仪式，就是在手帐本上写下新年的愿望清单。

所以每到年底，都会找一个晚上自己待着，翻翻手帐，看看自己年初写下来的心愿清单，哪些实现了，哪些没有。然后再看看新的一年有哪些想做的事，把它们一项项写下来。不夸张地说，因为这个习惯，我已经实现了好多好多愿望。

据说有50%的人，在1月1日列新年计划，在2月1日就忘了。所以一聊到这个话题，就有很多声音说："愿望是写了，计划也列了，但是好难做到啊。"

其实这和计划、愿望清单是怎么写的有很大关系。

实现新年愿望的九个要点：

1. 把新年愿望写下来，而不是记在心里，实现几率更大。

2. 一次不要列超过十个愿望，并且给它们分类——我自己是把计划分成"重要的事"和"创造性的事"；也可以简单用工作、生活、学习这些来分类。

3. 列具体清晰的计划更容易实现，比如"坚持每天练瑜伽半小时"就比"坚持运动"更容易做到。

4. 梦想 / 目标可视化——把想实现的心愿具象化和可视化。比如说我很想住一个离大自然近一点的房子，我就把我看到的喜欢的家的图片打印出来，贴在一个纸板上，每次看到就提醒我，要为实现这个梦想加油啦。

5. 把大的愿望拆分成一个一个小目标。比如，我今年的其中一个心愿是看完一百本书，这看起来很难，但如果把它拆成一个月看几本、一个星期看几本，就没有那么难了。

6. 把愿望告诉身边的人。一方面牛皮吹出去就不好意思不去做了，另一方面在告诉别人的过程中，你也会更清楚自己真正渴求的是什么。

7. 打卡二十一天：据说二十一天能养成一个习惯。亲测有效。

基本上只要打卡超过两周，那些很难坚持的事就能坚持下去了。

8. 每实现一个愿望，给自己一点奖励。

9. 定期复盘。

定期整理、定期复盘

相信很多人都有感受：整理真的很减压。每次打扫整理完家里，像是把很多烦恼都顺带丢掉了，觉得神清气爽。

但有一个很容易被忽略的项目，就是定期整理自己的生活和情绪。

之前有一次和朋友聊天，她们感慨说，不知道自己的时间去哪儿了。我说，我的时间去哪儿了，我都知道。她们全都笑了。因为我有记录时间的习惯。

我有一个记录时间的小软件，上面可以设置类别，我会把自己每天主要的生活内容填进去，它会自动生成日总结、周总结、月总结，这样可以清楚地看到自己在每个类别上花的时间比例大概是多少。

回头去看状态很差的那段时间的行程，就发现自己不仅每天都睡不够，而且从来没有休息过一天。当我开始执行这个计划后，就跟自己说，在一个月里，我一定要有至少两天是完全放空、不排工作的。

定期回顾和整理，我们就会发现，是不是有些时间和精力安排不合理，及时调整自己的生活节奏，才不会像陀螺那样无意识地不断地转动。

崔斯坦常说，我是她见过的最爱做情绪复盘的人。与其说是复盘，不如说我需要时不时把自己从埋头狂奔的途中强行“拉”出来，想一想自己到底要什么、接下来要朝哪里走。有段时间我每天会记下三件开心的小事，隔一段时间再看，就会发现自己因何而开心、因何而沮丧。现代人的压力真的太大了，这几年，我的好几个朋友情绪崩盘后花了很长时间都难以修复。如果有定期整理和反省的习惯，我们可能会更早一些发现，是不是有些时间安排不合理，自己什么时候状态不对劲。

有次直播，小伙伴们都提到我的情绪很稳定。我并不是天生情绪稳定，而是因为比较关注情绪，才能保持稳定。

记录生活的图片博客（Plog）

我在微博有一个标签（tag）：# 你认真生活的样子真好看 #，每个周末，我都会发一次一周的图片博客，里面的图片大都是平时随手用手机拍的，每一张会配一两句简单的文字。一开始是随手，后来变成了每周固定的一个“小结”，不知不觉已经发了两年多。

这个小小的习惯给我带来巨大的快乐。自从开始随手拍图每周整理，我才发现，原来我们以为平平无奇的每一天其实有那么多值得定格的瞬间。神奇的是，一旦开始记录了，会对生活里各种微小的美变得非常敏感，也对每一天更有期待，更用心地去度过。这也是为什么大家包括我都很容易入坑的原因吧。它不一定能带来什么巨大的改变，但真的会让我们更努力地感知和用心安排生活。

认真生活，生活也会回报给我们更多的美好。

坚持阅读

前不久看过一个小科普，说每天阅读几分钟就能缓解不少压力。我自己看书并不是为了长知识，纯粹为了打发时间，每天的阅读时光都是我最平静最满足的时候，所以这个习惯延续了很多年。

没有办法静下心来看书怎么办？其实不需要给自己设定每天读多少页的目标，看就好了，也不需要规定自己一定要看什么。看就对了，慢慢坚持一段时间，就会找到自己喜欢的模式。

很多人觉得读书读到一定程度，可以提升一个人的气质，其实那不是书的作用，而是思考的作用。就像爱美爱到一定程度，也可以提高一个人的气质，这不是打扮的作用，而是一个人对自己的关注、爱护而产生的光芒。

另一个我这么多年来每天都在坚持的事情，可能就是写写写了。

我很喜欢随手记录生活小事。开心的事记下来的时候更开心，不开心的时候，写着写着就好起来了。而且每次回头看那些记录，都能回忆起当时的心情，感觉那些日子在闪闪发光。

学习与焦虑共处

每次长假结束，要回到日常生活和工作的时候，大家的留言都会不约而同地谈到一个话题：焦虑感。一位新手妈妈说：“产假结束了，要重新回去工作，但面对的是新岗位新安排，充满了未知的焦虑感。”一位大四的女孩说：“我在实习单位努力了很久还是留不下来，爸爸生病，家人催我回家做一份不喜欢的工作，我该怎么办啊？”……这让我突然想写一篇关于焦虑感的文章，跟大家分享自己最真实的一些感受。

常常有人给我留言：“很羡慕你的生活，做着自己喜欢的事，工作就是买买买、边出差边旅行，应该每天都很开心吧？你偶尔也会觉得焦虑吗？”

当然会。不是偶尔，而是经常。

是的，就算是做着自己喜欢的工作，过着自己选择的生活，也一样会感到焦虑。

虽然有很多文章都在教我们如何避免焦虑，但我个人觉得，焦虑和压力都是没法完全避免的，不如努力学习和它相处。

准备够充分，恐惧才会消失

有天晚上，一个老朋友找我喝酒聊天，问我："你接下来有什么大计？"我说："你不如问我今天有什么大计吧。"他很惊讶地说："我以为你是那种把未来五年、十年目标都想好的人呢！"

并不是。我很少做长远的规划，尤其是工作规划。虽然每年一开始，我都会在手帐本上写下一些小目标，比如早睡早起、健身、学个课程之类的，但太长远的规划，还真没有。

我很羡慕那些很早就清楚自己想要什么的人。有梦想，然后努力一步步接近自己的梦想，过程再辛苦也开心。

比如《破产姐妹》（*2 Broke Girls*）里，两个女孩一直为开一家纸杯蛋糕店而努力，一步步接近和实现自己的目标，看起来十分美好。

很多人为了对抗未知的焦虑，为人生做了很多具体规划。从一年计划，想到五年、十年、几十年规划；工作、升职、结婚生子……听起来固然不错，但生活中有太多事都不是按计划发生的。

与其想太多，不如先努力把手头的事做好。

当记者的时候，每次做专访前我会用很长时间准备：花十几个小时看资料，把采访对象演过或者导演过的片子都找来看，找熟悉他们的人聊天……

经过这么多准备做的采访，和随便问一些流水线问题写出来的稿子，其实稿费差别非常小，但至少让我在采访时更加有信心有底气。这种工作习惯也在很大程度上消解了我的焦虑感。相反，如果是完全没有准备或准备不充分的话，采访还没做就已经焦虑到不行，最终效果也不会好。

木村拓哉在电视剧《A Life ~深爱的你~》里有一段话说："手术这东西，事前准备决定一切。手术的顺序、能考虑到的风险，以及回避风险的方法，将全部这些一遍又一遍、一遍又一遍地核查，直到心中的恐惧和不安完全消失。会感到害怕，是因为准备没做充分。"

不要急，给自己一些时间

之前看日本陶瓷艺术家安田裕康的采访，有个让我印象很深的细节。别人问他："烧出好陶瓷的秘诀是什么？"他的回答是："让时间过去，最好的东西自然而然就会出来了。"烧陶瓷是一个慢工的细活儿，要有足够的时间和耐心。而生活中的很多事情其实也一样。

为什么努力了那么久还是没有得到回报？为什么工作那么拼命还是没有得到认可？……我们在职场和生活中应该都曾经问过类似的问题。

公众号做了一年左右时，我有过一段很严重的焦虑期。那时，虽然外界都觉得我做得风生水起热热闹闹的，但我的自我要求也越来越高。工作量太大，连轴转地出差、写推送，睡觉的时间很少，学习的时间更少，整个人很焦虑。

为了时间很晚还没写完推送而焦虑，为了怕错过早班机而焦虑，为了怕大家催我更新而焦虑，为了找不到一张好看的图片而焦虑，为了写推送没时间陪家人而焦虑……于是我常常陷入自我怀疑：我为什么要过这样的生活？

那时有一位前辈对我说："生活就像跑步，不可能一直都在全速行进，冲刺后也要给自己一个缓冲期。"一语点醒了我。

后来我自己慢慢调整过来了。回头想想，当时之所以陷入焦躁的状态，就是因为太着急、太想做好。一开始凭着热情和兴趣，一点也不觉得累，但那根弦绷得太紧太久，就很容易断。这让我意识到，当写公众号变成我的工作后，光靠激情、靠透支体力是不能持久的，有急有缓，有紧有松，才能找到平衡。

所以，不要着急，太累了就停下来歇歇，太难了就给自己一点时间。解决不了的事情，放到一边，先美美地睡一觉。不要逼自己太紧，不妨让自己偶尔放空。

日剧《悠长假期》里的钢琴家濑名秀俊，一直不怎么顺利，也等不到上场演奏的机会。但是他有一套让自己慢下来的"悠长假期"理论："就当作是很长很长的休假，不需要总是尽全力冲刺的。人总有不顺利的时候，或疲倦的时候，在那种时候，我就把它当成是神赐给我们的休假。不必勉强冲刺，不必紧张，不必努力加油，一切顺其自然，就会好转。"

走得慢没关系，只要我们知道自己一直在往前走就好了。

不要和别人比较

“别人家的小孩”，可能是每个孩子最怕的小朋友了。小时候父母很喜欢拿我们和别人比较：“别人成绩那么好，为什么你不及格？”而长大后，即便父母不再比较，我们自己也会深陷其中。同学毕业了开始比收入，比较谁的工作更牛……

我们工作室的小朋友有段时间常用的一个微信表情是“不想上班，想做富婆”，哈哈。我们身在职场偶尔会抱怨公交太热、地铁太挤，想着不用上班该有多好。而全职主妇又会害怕自己只会做家务、没有事业，和社会脱节。

每个人擅长的领域、想要的东西都不一样，有人喜欢安稳，有人喜欢冒险。别人的规划不见得适合自己。努力过好自己的生活就好了。

不要把自己现实生活里最糟糕的一面和别人在社交网络上最光鲜亮丽的一面拿来比较。再光鲜的生活背后都有一地鸡毛的时候，如果只看到自己的丧和别人的光鲜，难免会产生比较的焦虑。

也不要试图去评判别人的人生。虽然我自己觉得为喜欢的事投入热情和努力是很有幸福感的事，但我也并不觉得所有人都应该这样。像我的一位好朋友，她做着比较轻松的工作，每天有很多时间看电影、吃吃喝喝、到处玩，生活悠闲惬意。两种不同的生活方式，并不影响我们成为最好的朋友，我们谁也没有试图改变过对方。

遇到暂时没办法解决的事，先“逃避”一下也无妨

遇到暂时没办法解决的事，先逃避一下也无妨。想把每一件都做好，常常只会事与愿违。偶尔抽离一下，说不定转机就突然来了。

学会安慰自己。像安慰别人那样安慰自己。接受自己的丧、负面情绪甚至偶尔冒出的邪恶小念头。谁能一直正能量呢？一定是骗人的。我自己就是因为极度悲观，才努力乐观的。

很多时候，我们的对自己失望的背后，藏着一个理想标准。有的是一开始标准设立得太高，因为达不到而气馁；有的是自己本不喜欢，但觉得有了这个技能会成为“很厉害”的人，比如会说几种外语、会做饭……其实，比起成为厉害的人，做让自己喜欢的人才更重要吧。

每临大事前，给自己三分钟静下来的时间

每临大事有静气。

我很喜欢这句话。后来发现，静气是可以“养”出来的。

这几年活动拍摄都很密集，大家也许没想到，哪怕有过这么多“锻炼”，我在每个公开场合依然非常紧张。尤其是需要上台发言或者对着镜头说话时，经常紧张到胃疼，像以前演讲什么的都是硬着头皮上。第一次演讲时还试过喝酒壮胆，其实没什么用，整个人更“飘”了……

现在我会在每一次上场或者拍摄前，留一个让自己静下来的时间，把关注点聚焦在当下，给自己暗暗鼓鼓劲。非常非常有用，感觉整个人好像落地了，也没有那么慌了。

焦虑紧绷时，不但情绪上有压力，整个人的体态也是缩成一团的。每当这个时候我就会很警觉地提醒自己，深呼吸，放轻松。想象自己慢慢吸入了很多新鲜能量，又慢慢吐出了很多“垃圾”，聚焦在呼吸上，整个人就会放松下来。你们也可以试试!

告诉自己：别焦虑，我们比那些让我们焦虑的事情重要多了。

不愿再错过清单

2017年7月20日，林肯公园（Linkin Park）的主唱查斯特·贝宁顿（Chester Bennington）在美国洛杉矶的家里自杀了，走的时候只有41岁。

其实林肯公园当年5月才发过新片《多一丝曙光》（*One More Light*），就是为了纪念查斯特的好朋友，也是自杀离世的声音花园（Soundgarden）主唱克里斯·康奈尔（Chris Cornell）的。只是好可惜，这丝照亮了很多其他人人生的曙光，没有带他自己走出阴霾。

那天我坐在电脑前发了很久的呆。看着一个个少年时期的回忆真的成了永远的回忆，心情低落到做什么都提不起劲来。

看朋友圈刷屏的那些消息，我发现，除了为查斯特点一支蜡烛，放一首自己最喜欢的他的歌，很多人都不约而同地提到一点：遗憾当初没有认真珍惜。谁能预料到，一次偶然的错过，就会变成永远的遗憾。

吓得我马上查了一下我最喜欢的乐队——电台司令（Radiohead）巡演的时间和地点，然后再次为戛纳电影节时跟木村拓哉擦肩而过唉声叹气了至少两天。

我突然意识到，我们总是喜欢说“这次赶不上了，下次吧”、

“我好想 ××，但我没时间 / 精力 / 钱”……然后一次又一次地把我们想做的事往后推，总觉得以后还有机会，到时候再去做好了。

但是，谁知道还有没有“下一次”的机会呢？

我决定跟大家分享一下我之前列的“不愿再错过清单”，希望我们都能抓住现在，尽量不留遗憾。

想剪短发，马上就去剪吧

我的清单上的第一件事就是剪短发。清单列好后不久，我就行动力很强地执行了。

虽然很多人表示喜欢短发，但也有不少人每天给我留言说更喜欢（习惯）原来的发型：“卡卡还是喜欢你的中长发！”、“短发不适合你，快把头发留长吧！”……我不会那么快留长它哦。因为我太喜欢自己的短发了！并不是因为觉得剪完短发变美了，而单纯是喜欢那种神清气爽的感觉，那种突然多了很多搭配方案的新鲜感，以及每天早上可以多睡半个小时的“福利”（长发每天洗头真的花很长时间）。我就觉得这头发剪得太成功了，哈哈。

有人问，为什么要剪短发，是不是受了什么刺激？并没有。不知道大家有没有同感，反正我自己是每一次换发型，心情都会变得不一样，好不好看倒是其次。

说起来很奇怪，有时候生活中一些大的改变我们能迅速做决定，但对于那些小小的改变，比如剪头发、尝试穿不一样颜色的衣服、画个大红唇、改变一下自己的穿衣风格等，反而常常会陷入莫名的纠结。我剪了短发后，不管是读者还是身边的朋友都跑来说：“我一直想剪，但总是下不了决心。”

我跟一个问了我好多遍、超级纠结的姑娘说：“长发的样子你已经看了二十多年，但你还不知道短发的自己是什么样呢，干吗不试试！”再说了，不就是剪个头发而已，不喜欢还可以留长嘛！

心理学中有一个观点，就是人作为一种追求一致性的社会性动物，在成长的过程中，其实不断在被自己身处的环境和文化体系催眠，久而久之便养成了一种惯性：时刻要求自己“恰当”、“得体”，不要脱离群体。所以我们担心，自己的改变会打破这种一致性，引起周围人的不适和异议。

那么从小事着手。

试试穿上你一直想穿又不敢尝试的黄色裙子，戴上那条买了很久又不敢戴的项链，换上以前不敢挑战的高跟鞋，哪怕只是给自己涂一个红唇也好……你会发现，一点小改变，就会让你的心情变得更愉悦。

我们往往觉得，只有大的变化才会改变我们的人生。但其实很多时候，让自己和生活慢慢发生变化的，正是一个个小小的改变。

接受一个一直不敢做的挑战，就现在

每年我的心愿清单里都有一个固定项目，就是去做一件之前不敢做的事。

身边人评价我的形容词一定有“爱折腾”。从历年的心愿清单也能看出来，我几乎每年都会列一个和“突破自己”有关的项目——做一件自己一直不敢做的事。包括演讲和直播。

第一次做演讲的前一天，别的讲者都已经交定稿 PPT 了，我们还在改，一边改一边练，一边练一边改。偷偷告诉你们，正式上场之前，我偷偷在后台喝了一点酒，哈哈。

刚上台的时候，看到好多人拿出手机拍照，虽然要说的都了然于胸，但还是有些小紧张。现场的读者后来和我说，听到我的声音都在颤抖，好在后来越讲越顺。讲完后，觉得自己发挥得不算满意，但终于做了这件事。

关于演讲内容，我放在了这本书的最后，先别急，按顺序慢慢看吧。那次尝试，也算是为我打开了另一扇门，让我发现了演讲神奇的力量。虽然我并没有因此爱上演讲，但现在站在台上的时候，以前那种不安全感神奇地消失了。尽管还是会有点紧张，但我知道：

如果永远不开始，我就会永远害怕这件事。

这也是为什么每一年都会“逼”自己去尝试一两件本来不敢做的事。时不时从自己的舒适区走出来，会得到很多新的感受，认知力和理解力才能得到不断的提升。在一次又一次的“冒险”中，我们的心情也会跟着“放飞”。毕竟，在探索自我的道路上，有太多的惊喜，太多的妙不可言！

想对自己好一点，就从今天开始吧

一个很好的朋友有天跟我说，她在香港看中了一个包，纠结了很久，还是因为太贵没有买。结果第二天她去体检，被告知长了肿瘤，需要重新检查是良性还是恶性。坐在医院走廊凳子上等待结果的那段时间里，她给我发了一条短信："不知道为什么，这个时候我居然想起了那个没舍得买的包。"

庆幸的是，那只是虚惊一场。肿瘤是良性的。结果出来后，她立刻跑去买下了那个包。这个故事可能会被归结为女人对包包的执念。但我能明白，对她而言，当时那已经不止是一个包那么简单了。

很多人应该都看过《遗愿清单》（*The Bucket List*）这部电影，男主角是个汽车维修师，一直为家庭付出，但自己的梦想却停留在一页纸上。不知不觉时日无多，曾经的梦想很快都将变成"遗愿"。直到迫不得已，这个老头才在怂恿之下，动身去实现自己的计划，跳伞、登山、亲吻世界上最美丽的女孩……

我们总以为自己还有很多时间，所以什么都想留到明天。想看的电影没有看，想听的演唱会总是安排在"明年"，想去的地方永远都在下一站，想见的人等下一次再见。可是谁知道明天会怎么样呢？

梦里想见的人，醒来就去见吧

讲一个追星女孩的故事啊：

我发现，有时候我们一直拖着不去满足自己，是出于一种微妙的心理：太在乎。没错，有时候，太在乎一件事或是一个人，也会阻止自己去开始。这种类似“近乡情更怯”的感觉我特别能体会，2017 年的戛纳电影节，我原本可以一了自己的夙愿，和多年的偶像木村拓哉见面。因为我明明提前就知道他要去戛纳，那几天前方的小伙伴一直给我发各种动图和采访，同样很喜欢他的朋友甚至跟他拥抱合影了，我自己也去了戛纳。

但当我到的时候，却跟他完美错过了——哪怕提前两天到，都有可能见到他啊。而在那两天里，我的时间都花在纠结要不要去上。每次想起来，都后悔死了！

后来，我下定决心把跟木村见面列在下半年清单上，再有机会一定会紧紧抓住不放，还让大家随时向我通报他的行踪。在 2018 年的最后几天里，我终于见到了他。

真正想做的事，何必等以后

前面我有提到自己很喜欢的一部纪录片，讲的是五个平均年龄为 81 岁的台湾老爷爷骑摩托车环岛的故事。

他们五个人里，有一个重听，一个患癌症，其余三个有心脏病，全体都有关节炎。但因为好友的离世，深受触动的老爷爷们突然想再做一次年轻时做过的事。所以他们用了六个月的时间准备，不停锻炼，最后用十三天完成了环岛。

片子开头就问了一个问题：人活着是为了什么?

现在提起“梦想”，大家都会觉得很不合时宜。网络时代，人们习惯于把一切严肃的话题都娱乐化和调侃化，谈梦想变成一件很难为情的事。但我依然想说：有梦想，又敢为梦想去努力的人，都很了不起。

所以，当年四十多岁的张曼玉突然跑去玩摇滚，我特别能理解。虽然事实证明她并没有太多音乐天分，还因为唱跑调惹来嘘声一片，但她还是说：“希望大家给我二十次机会。”

看得出来，她真的很想做，也在努力做这件事，哪怕这跟她当年做演员的辉煌战绩不可同日而语，但那又有什么关系?我能感觉她真的很快乐也很享受。她有一句话说得好：“现在我基本上想做什么，就会尽量去满足自己，什么都想尝试，感受更广阔的世界。”

在我们还有力气、有时间的时候，尽情去折腾吧！我到现在还记得做记者的时候，我要频繁出差采访、探班，熬夜写稿，每到跑电影节的时候更是连续一周每天只能睡三四个小时。除了这些，我还在折腾一档视频节目。就在当时那种工作强度下，我每天交完稿，都会兴致勃勃地看完各大时尚网站，还在当时很私人的博客上写各种“小白鼠日记”。同行们每次跟我出差看到都很不解：“难道你不累吗?！”

我觉得还好啊，哈哈。当时我一边看秀场的照片还一边想，要是有一天能去到现场就好了。现在真的能够坐在那里，甚至能够在时装秀结束之后跟设计师聊聊，简直太美好了啊。

想多陪陪家人，不要等到“有空再说”

很多人知道我一直跟父母同住一个小区后都会问：“是不是福建人都特别恋家，特别传统？”

其实大学刚毕业那会儿我也很贪玩，每天都在外面晃到很晚，回家才看到妈妈在等我，现在想想还真是不懂事。

后来爷爷奶奶病危时我一直在出差，没有在他们最后的日子好好陪他们，后悔得不行，才终于下定决心，无论再忙都要多陪陪家人。

现在因为老是出差，工作很忙，和家人真正相处的时间也没有很多。但只要待在广州，就会尽量多陪陪他们。一家人每天都会围在一起喝一泡功夫茶。

除了喝茶，我们全家的另外一大例行“公务”是：聚餐。每周日都会一起出去吃饭，找个新开的餐厅，美美地吃上一顿。

我相信很多人都跟我一样，以前也老说要一家人一起吃饭，但不是这个没时间，就是那个太忙，怎么约都约不到一起。一开始，爸爸妈妈还会说，哎呀，何必出去吃，在家吃就好了。后来，我干脆把聚餐像工作一样，硬生生地排进了行程里，把每个星期天设为家庭日，如果不出差，就一定要排除万难和爸妈吃饭，果然成功了。

再后来，大家都会自动把这一天留出来。因为要去外面吃，每周想要找不同的餐厅，现在每周都有了不同的期待，想想下次要一起吃什么好吃的。

不出差的日子里，我也会尽量多陪陪我家小福。有句话不是说，狗狗不是你的一辈子，但你却是狗狗的一生吗？没当博主前，一天至少会带小福散步两三次。现在做不到了，但每天晚上忙完了都会带它出去走走。

这是每天的最后一项日程，和小福一起遛完弯，和它待一段时间，这一天才算结束。

如何摆脱低迷状态？

你是否也曾经历过情绪低迷、看世界黯淡无光、对美的事物失去感受能力的时刻？如何摆脱呢？

我有个简单实操的办法，那就是：每天记下三件开心的小事。

2021 年开年后我就忙到脚不沾地，最高纪录一个月出了二十二天差，基本上每天都是满负荷状态。尤其是三、四月，几乎每天工作到凌晨三点。期间虽然也强制性安排自己去杭州度个小假，"休息"了两天，但高强度连轴转的工作仍然让我压力很大，整个人都绷得紧紧的。

紧绷到什么程度呢？连吃烤串都不香了。

要知道，之前再累心，只要看到好吃的我就能迅速开心起来。美食是最能治愈我的开心事之一。

另一个表现就是，连晚上睡觉梦里都在工作，就连放假也是，明明刻意没有排任何工作，但每天梦里全是工作，醒来累得不行。胃疼也是那段时间开始的，持续到现在，时好时坏，每次有比较大的活动或拍摄前，就会开始胃疼，大概是因为心理压力太大。

我一直对自己的状态变化比较警觉，每次觉得自己不太对的时候，就会想办法调整一下。除了尽量减少接下来出差和工作的行程外，也尝试做一些生活方面的减法。那阵子我看了很多心理学相关的书和文章，像《蛤蟆先生去看心理医生》、《活下去的理由》等，经常看我微博的朋友应该有见到过我随手发的一些读书感想。

“每天记下开心的三件小事”是偶然看到的，那篇文章说：“只要记下每天发生的三件开心的事，坚持一周，就会让人在接下来的几个月明显开心起来。”

当时觉得，咦，这个挺简单，随手就可以做了（甚至比穿搭打卡更随手），要不我也尝试看看，这个记录就这样开始了。

“三件开心的小事”（three good things）是正向心理学里的一个概念。这个技巧主要是为了让我们不要陷入对什么都无感的状态，而能够将注意力放在当下。

有什么收获？

跟“今天也要认真穿”一样，这个记录一开始也只是想简单记录一下，让自己保持对当下发生的事情的觉知，不要陷入机械式地忙忙忙之中，记录到后面才越来越明显地感觉到变化：

开心的事情变多了！

这是第一个收获。

准确地说，应该是对开心的事情的感知力变强了。刚开始记的前几天，经常一天结束了都想不起有哪三件事值得开心，写的时候要想半天。记到第七天时，开始变成“今天那么多件想写下来的事里，有哪三件最值得被记录呢？”

我开始给自己的开心事排序了！这就是个很好的征兆啊，说明我的一天有不止三件快乐的事了。

有意识地记录之后，对每一个当下所发生的开心的事的觉知更敏感了。一顿好吃的饭、一阵温柔的风，都能成为快乐的来源。

如果开心的小事没有三件怎么办？一旦开始记录了，你就会发现，其实一天那么多小时，一定有那么一二三件小事值得开心的。

我也是在记了一周后，明显感觉到：咦，好像能写下来的开心事更多了！

是开心的事情真的因为记录变多了吗？

不一定。可能很多事情之前也经常发生，只是那时候我没有感知到，那些快乐的瞬间也就过去了，后来再想，就好像没有发生过一样。

我们对快乐的感知太弱太短暂，对不开心的感知太强太持久，不自觉地放大了负面状态，好像那一天都被笼罩在这片乌云之下了……这也是“三件开心的小事”相关的心理学研究里提到的，在无意识的状态下，我们往往会记得那些不开心的事，也更容易被负面情绪掌控。而当我把更多的注意力放在开心的事时，整个人的情绪和状态都会积极正面很多。

很多读者还说，用这个办法让自己走出了低落甚至抑郁的情绪。

获得、感知快乐，也是一种值得训练的能力。

做新的事本身就会让人快乐

刚开始记录的一两天，我的情绪并没有马上改善。但我发现，观察、感知到自己的情绪，给我带来了至少两种新的体验。

首先是，每晚记录当天发生的事，这个动作成了我生活里的一件新鲜事，而做新的事本身就会给人带来新的乐趣，对生活又多了一份期待。

另外，看别人的记录，也有意想不到的收获。

在我开始记录后，越来越多的读者跟我一起打卡。

每晚翻翻大家的记录，看看别人吃到了什么好吃的，遇到了什么可爱的人，做了什么有趣的事。这些不仅成了另一种新鲜感的来源，更让我打开了更多触角。看着别人的开心事时我会想：哇，这件事我怎么没留意过，今后再遇到它，我也要更加注意才行。

学会哄自己开心了

我还学会给自己制造快乐了！

有段时间我不是在追《大豆田永久子与三名前夫》嘛，当我准备看第四集时发现，我已经记完当天的三件小事了，当时我就关掉正在播放的页面，心想：这份追剧的快乐，我要留给明天！哈哈。

还有一次我跟朋友去逛街，正在纠结要不要买一个计划以外的东西，朋友拉住了我说：你今天开心的小事已经多到记不过来了，再买你的开心就超标了。我一想也是，还是把这个开心的份额给下次吧，哈哈。不是害怕开心超标，而是适当“延迟满足感”。

有助理小妞问我：每天都要给自己制造一点快乐，会不会很刻意？一点也不。你们想想，我们是不是容易不知不觉地“责备”和“欺负”自己，却很少会安慰和哄自己开心？我们经常都会专门为伴侣、为亲人、为朋友准备很多惊喜，同样的事却很少为自己做。

想办法让自己开心，也是很重要的事啊！

梳理清楚了一些生活重点

这一点算是意外收获吧。

本来这个记录只打算记一周的，后来觉得很有乐趣，就一直记了下来。翻看了自己二十天的记录，发现很多条都跟装修有关。它有点进展我就很开心，停滞不前我就很惆怅，我的情绪很大程度随之牵动。那时候才发现，过去一年因为太忙一直没推进这件事，这让我蛮沮丧的，但我之前并没有意识到心情不好的一个原因是它。所以在接下来的日程里，已经把它作为重要的事安排进去了。

如果有人问你，生活里对你最重要的事是什么？让你快乐和不快乐的事是什么？你可能一时很难回答。我也一样。而有意识地记录后，不需要专门思考，生活里那些重要的事自然会慢慢浮现出来。

这也是记录的力量。它好像是个微缩切口，通过它我开始明确地知道，我的不对劲到底来自哪里。一旦情绪源泉明朗了，被乌云笼罩的无力感也会减弱些。

怎么记录比较好？

有朋友可能不知道要怎么记，分享一下我自己一开始记录的小事：

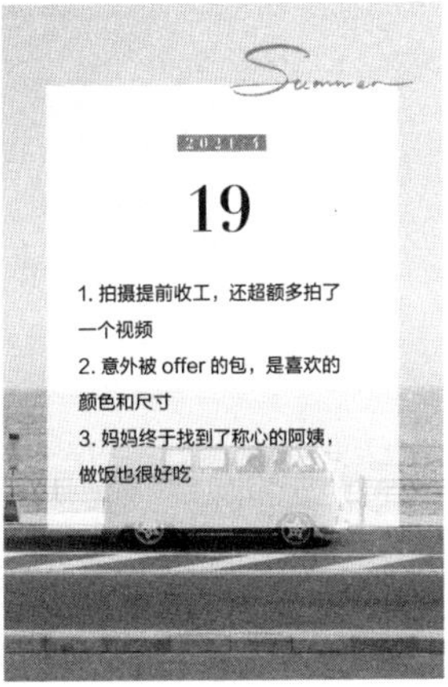

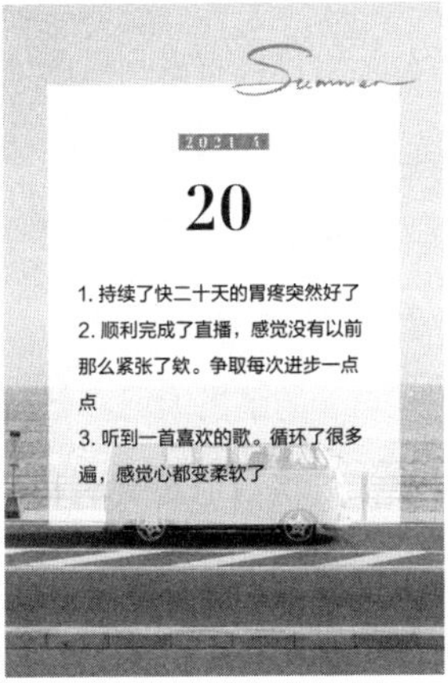

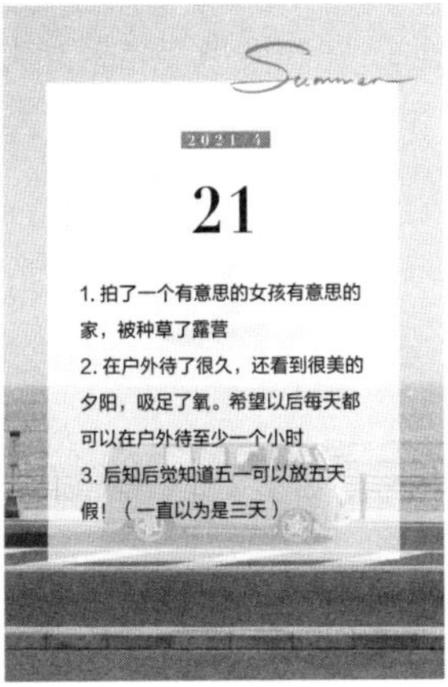

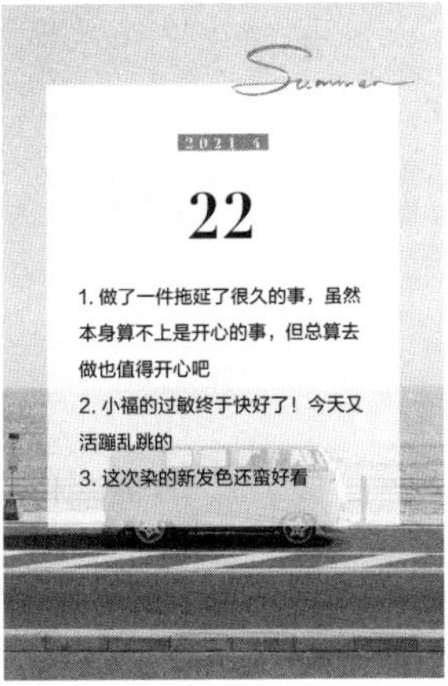

记了一段时间，我总结出了这几点心得：

1. 尽量记细节和事实，过滤和修饰越少越好。

2. 每件事不用太长，一两句就行。

当一件事足够轻松，做起来没啥心理负担时，也就更容易坚持啦。

3. 记给自己看或小范围分享。

这个打卡之所以发在小号，是因为一旦有很多人看，我们可能会不自觉地想要修饰润色。可以找朋友一起小范围打卡，互相监督更容易坚持下去。

4. 当天的事当天记。

很多事情我们过几天再回想当然也能记起来，但记起来的很可能是那天印象最深的事，而不是当时让我们产生情绪的那件事了。在我们的记忆被加工之前记下来最真实。

总之，如果你们也正好处在比较紧绷和低落的状态之中，也可以开始记录一下。我一直觉得，我们对世界的体验有时候也取决于我们和这个世界的互动方式。

二十一天身心修复计划

前几天见到一位老朋友，她说：“你的状态比我们上次见面时好多了，当时你整个人处在‘爹毛’的状态，很怕你撑不下去了。最近是不是没那么忙了？”呃……其实我的工作强度并没有减轻，甚至可以说是处于我们每年最忙的时候，因为已经连续更新公众号好多天，加上拍视频、出差，我常开玩笑说我对自己也算是“物尽其用”了，但要说状态，确实比前一次见面的时候好得多。

那段时间，我正在做一个“二十一天身心修复计划”。

先说说为什么我觉得自己急需修复吧。我以前一直觉得自己还算一个情绪比较稳定的人，很少有控制不了自己、乱发脾气的时候。可前阵子我发现自己越来越像个火药桶，整天都在怼人。崔斯坦、王大 R 都说，这么多年来从来没见过我那样焦躁过。这种状态，不光对身边的人不好，我也很不开心，因为我并不喜欢这样的自己。

身体也发出了一些不满的信号。我本来就睡眠不足，那段时间还越睡越少，哪怕有休息时间也睡不着，坏睡眠和坏脾气也互为因果。体重倒是水涨船高，短时间内胖了十斤。那个阶段，视频留言区经常有人提到我的双下巴。有一天，后期老师还在深夜发出直击灵魂的“拷问”：“最近的图都有点壮啊，是姐姐长身体啦？”

我在意的倒不是体重本身，但我很不喜欢这样失控的自己。

刚开始我以为可能是工作量太满了，就想着砍掉一些工作，还抽空休了假，然而一段时间过去，状态没有任何好转。那时我就意识到，这不是停下来休息就可以解决的问题，就算我立刻按下暂停键，休息个十天半月，情绪问题没解决，还是开心不起来。

有一次出差，坐的是傍晚的飞机，看着舷窗外绚烂的晚霞，那一刻突然觉得心情好平静。就是在那个黄昏，那个没有联网、没有任何人打扰的空间里，我在手机备忘录上列下了一个“二十一天身心修复计划”：

1. 好好睡觉

· 每天尽量睡够七个半小时，至少保证六个小时（四个睡眠周期）

· 定点入睡定点起床

· 如果晚上睡眠不足，午休或黄昏小睡一会儿

2. 不要让电子产品支配生活

· 固定时间回复微信（每两小时回一次，每次不超过半小时）

· 睡前醒后半小时不看手机，手机不带进睡房

3. 调整生活习惯

· 吃早餐，再没胃口也要吃

· 早上或傍晚运动半小时

· 每天白天在户外待半小时到一小时（干啥都好）

4. 定期整理

- 定期整理自己的时间和生活，给自己安排可控修复期
- 每个月做一次工作和生活的梳理总结
- 每个月至少安排两天完全无工作的放空休息日

虽然现在很多飞机也可以联网，但我基本上都不联。因为很珍惜这段独处的时间。仔细想一想，不在飞机上，不在强制断网的情况下，我们就没办法享受这样平静愉悦的时刻吗？并不是。只不过我们在忙忙碌碌热热闹闹的生活中，并没有有意识地为自己留出这样的时间和空间罢了。

“身心修复”是一种自我调节的方式。因为我意识到，除非真的要退休，否则以我闲不下来爱折腾的个性，大概会一直处在这种高度投入的状态。这不是短跑，而是一场需要耐力的马拉松，如果不把自己调整到一个更稳的节奏，就没办法跑下去，更不要谈享受了。把修复期定为二十一天，也是因为平时大家总说，二十一天可以养成一个习惯。

人就像一根橡皮筋，如果绷得太紧，等到断掉了，是不可能再接上去的，所以身心修复一定要及时。

睡觉也有方法论

记得有一句老话，大意是“吃好睡好，就足以解决人生大部分的烦恼”。

我那些特别焦躁的状态，一般都出现在睡不够的时候。

睡眠不好一直都是我的困扰。每到该睡觉的时候，就总想看看剧、看看书，干点别的，结果很晚才睡，但是第二天又需要早起拍摄，或者有很多工作要做，睡眠时间被压缩得极少，第二天就很累。

在列身心修复计划时，我的头等大事就是要睡好。看了一本很火的专门讲睡眠的书——尼克·利特尔黑尔斯（Nick Littlehales）的《睡眠革命》（*Sleep*），收获还是蛮多的，其中提到的几个点是我照做后发现确实有改善的，比如“睡眠周期”：

简单说，是以一个半小时作为一个周期，每个人每天需要的睡眠周期是不一样的，有的人需要四个周期，有的人需要五个。我也不清楚自己需要多少个，因为我的作息一直都很不规律，有时睡八个小时，但是很多时候又只能睡三五个小时。书里有个观点：无论你睡得多还是少，但是最好有固定的周期，形成规律，这样你的身体就会知道你需要多少周期。

第一件事就是要弄清楚我需要多长的睡眠，这倒很简单，每天记一下入睡和起床时间，连续几天大概就知道了。而且我还会看一下自己状态好的那天前一晚睡了几个小时。很快就发现，我每天只有睡够六个小时，才会有比较好的状态，七个半小时是最佳，但一旦超过八个小时，我反而会头疼乏力，就像没有睡够一样疲惫。所以，其实不一定是睡得越久越好。

当我发现这个规律后，每天就会像有强迫症一样提醒自己：

今天一定要睡够六小时，我要对自己的身体好一点。但因为我的工作性质，有时需要早起化妆拍摄或者出差工作到很晚，很多因素导致我还是无法睡够六小时，我就会在中午或者傍晚时再眯一会儿。

关于睡眠周期还有一点，就是**建议睡够一个半小时的整倍数。**我本来觉得这应该没什么科学依据，但是测试后发现对我来说还蛮有用的。比如说我睡六个小时（刚好四个周期）后的状态就会比我睡六个半小时更好。不过这大概也因人而异，每个人对睡眠周期的敏感性可能不一样，但大家不妨试着记录自己的睡眠时间，这对改善睡眠的确会有很大的助益，也是我之前没有想到的。

还有一个很有用的点是“定点起床”，也就是说，如果早上八点要起床，又需要六个小时的睡眠周期，那在凌晨两点就要准时上床睡觉。无论几点睡，都要在固定的时间点起床，身体慢慢地调整，就会在该睡觉的时间入睡。

不要被电子产品控制时间和生活

不要把任何电子产品带进睡房。本来这一点是为了提升睡眠质量而做的。现在大家很习惯拿着手机上床，包括我自己也总觉得睡前还有很多事情要处理，不弄完就会很焦虑。我特意记录了一下发现，如果把手机或者平板带到卧室，睡觉时间就会比预计的至少晚半个小时到一个小时，总忍不住刷刷这儿，看看那儿，万一刷到感兴趣的东西来了精神，就更别想睡了。

一开始真的很难做到，后来我想了一个小办法，就是故意把手机的电量耗尽，这样就可以强制性地把它留在另一个房间充电（之前看过一则在床边充电导致手机爆炸的报道，给我留下了很深的阴影）。几个晚上以后就习惯了，当没办法睡前刷手机时，入睡的速度也快得多。

不过这也导致了一个小小的问题：有好几次我都因为没有听到闹钟响，在该起床的时候没有醒，一直到工作室的小伙伴在楼下狂摁门铃才把我叫起来。不过这是买个闹钟就能解决的问题，千万不要因此找借口重新拿回手机！

之前看过一个系列漫画，其中有一张图特别打动我，它说，生活是什么，生活就是当我们盯着手机时所发生的事情。电子产品已经很大程度支配了我们的生活，大家好像都在随时随地刷手机刷 iPad。我好几次跟小伙伴出差时，在机场都发脾气了，因为她们每一个人都抱着手机边走边看，崔斯坦有好多次甚至撞到了机场的玻璃窗上！就连跟我爸一起去上海，他也是一直盯着手机，走得奇慢。一家人在一起喝茶吃饭，坐下来也是各自刷手机，好像手机那头都有什么重要到不得了的人在等着。其实并没有。

我并不是主张不用电子产品、不上社交网络，这不现实也没有必要。我的工作也决定了每天用到电子产品的时间很多。但如果处理不好跟电子产品的关系，就很容易被它们支配自己的生活。

很多时间管理法则里都有一点：要利用好碎片化时间，于是我们总想着抽空刷一下网站、看看资讯什么的。

我个人是很不喜欢碎片时间和碎片信息的，因为总觉得它们把生活变得碎片化，很容易让人焦虑和心慌。

放下手机吧，不要跟它们长在一起。这也是我整天跟崔斯坦说的，因为她真的每次都边走路边看手机。

待在户外，和大自然交换能量

我的工作性质决定了伏案的时间会很多。要么在电脑前，要么在室内拍摄、开会，真正待在户外的时间是很少的。在疫情隔离期间，应该有很多人，包括我，都有一个很迫切的想法：等到可以自由在外面活动时，一定要多出去吹吹风、晒晒太阳什么的。但是一旦生活回到正常的轨道，你就会发现，哪怕有时间，自己好像还是在家里瘫着。

我在状态特别差的那段时间里，甚至都对在广州的生活感到厌倦了。2020 年出差变少，不像以前那么奔波，但生活轨迹也变得更单调，每天都是两点一线，从家到公司，再从公司到家，有时候觉得日子真的“像是道灰墙，骂它都没有回响”。想想唯二能让我心情愉悦的，可能就是遛狗和周末看房吧。刚开始，我以为是因为这本来就是我很喜欢做的事情，后来发现，是因为做这两件事的时候，我都待在户外。

前阵子看了一本我很爱的家居书——内森·威廉姆斯（Nathan Williams）的《Kinfolk 家居》（*Kinfolk Home*），里面有讲到让身体和家居与日光保持同步：“把生活习惯和家居布置稍微改一改，通过让身体和家居环境与日光保持同步，我们就有可能重新与日夜轮替的自然节律建立起联系，借助它恢复元气。”

当时我还挺受触动的。像我自己是“熬夜党”，睡得晚起得晚，如果长期不接触日光，就算我的睡眠时间充足，但是因为脱离了自然的节律，人体的昼夜节律也会被扰乱。身体对阳光的需求，是再发达的科技或人造光源都没法代替的。

这就是为什么每次看房、旅行，甚至外拍，我都很容易开心。在户外待着，阳光、微风、草木的香气……都在不知不觉中为我们的身体补充元气。自然是最好的能量场。

意识到这一点后，我在身心修复计划里专门列了一条：每天要在户外待一个小时。

真的，如果不记录我都不敢相信，原来我每天在户外的时间居然这么少。现在我如果在外面待不满一小时，晚上回到家就会坐在阳台上吹半个小时的凉风，哪怕就这样，感觉都会好很多。现在开车时我也会把车窗打开，这样也能够感受到有风吹进来。

如果平时宅居时间比较久，大家不妨也试试看，走出空调房，多待在户外，整个人的感觉真的会好很多。不过切记，请一定要注意防晒！这是来自一个“以身试法”晒太阳晒出斑的人的建议。

睡前十分钟冥想训练

以前为了入睡，试过喝酒把自己喝晕，也试过吃药、夜跑、听助眠音乐……各种方法，都收效甚微。白天再忙再累再缺觉，到了晚上一躺上床，脑子里就千军万马奔腾，躺几个小时也睡不着。最近几乎是一躺下就秒睡。

最大的功臣就是冥想训练——每天睡前做十分钟冥想。做法很简单：找个不被打扰的地方，坐下来，闭上眼睛，把全部注意力放在自己的呼吸上，观察自己的想法，将脑子里的杂念逐渐收拢到某一个点，直至放空。经过这十分钟，躺上床时整个人心平气和，很快就入睡了。

冥想训练还让我养成了跳出来“观察自己的想法”的习惯，也让我的情绪变得更加稳定，没有之前那么暴躁易怒，连楼上“砰砰砰”的装修声都让我没那么烦躁了。

我之前也尝试过冥想，看了一些相关的视频和书都没摸到门道，总觉得越想脑子越乱，而且冥想的技法也有很多，听起来很复杂。推荐大家看几本书：《十分钟冥想》、《正念的奇迹》、《当下的力量》。

睡前冥想十分钟，可以有效“清空大脑”，让自己静下来。最近开始每天醒来也会先做几分钟冥想，可以让这一天有更好的打开方式。

好好吃饭，对生活上的小事也保持专注

这一年饮食上最大的变化是在外面吃饭吃得很少，除了出差基本都在家吃饭，吃饭速度也变慢了。

有段时间老觉得胃不舒服，去看医生又说没什么事，让我好

好吃饭。我说我一直好好吃饭啊，一顿不落，还吃很多呢。但经他提醒，很快意识到，我确实很久没有“好好吃饭”了。

随着工作越来越忙，我经常在吃饭时看视频，或者约别人在吃饭的时候聊工作谈事情……这种情况下，吃东西是没什么味道的（后来我想，我之所以吃得很辣，可能也是因为那样才能刺激味觉），胃也很紧张。而且吃得太快，匆匆吃匆匆下咽，长此以往胃当然不舒服了。

我前面在时间管理的分享里有提到“工作时要专注”，效率就会大大提升。其实不只工作，生活里的那些小事更应该专注地做。

不光是吃饭时分心，有一段时间跟家里人喝茶，我也是一边喝一边刷手机或处理工作，表面上看是一家人一起喝茶，其实也是“不在场的状态”。

有次一边陪侄子小镜子玩一边回消息，他说：“你这样都不算跟我玩，因为你一直在工作。”后来我就跟他约定：“以后跟你玩的时候不会看手机。”慢慢从这件事延伸到其他日常小事，我现在很少在吃饭的时候刷手机，或者在遛狗的时候讲电话了。

从刷牙喝水吃饭梳头发这些小事开始，试着对它们保持投入和专注，对安抚身心真的有奇效。

比起“在做什么事情的时间”，更重要的是“感受着什么的时间”。

沮丧时，逛逛菜市场吧

我不会做饭，但特别爱逛菜市场，去每个国家每个城市都要去当地的菜市场。宅家隔离结束后第一次感觉到生活充满希望，就是陪妈妈去菜市场买菜。无论什么时候，菜市场总是一副生机勃勃的样子，人们在气定神闲地挑拣新鲜的水果和蔬菜，谈论着今天的鱼新不新鲜，不惶恐，不慌张，这真是最好看的人间烟火。

这几年大家都过得不容易。我也经历了一段难熬的时光。中间屡次经历过软弱、慌张、焦虑，甚至崩溃，到后来慢慢走向平和，学会接受所有的失去，更懂得珍惜现在拥有的一切。也愈发觉得，对抗无常的最好方法就是好好工作，好好生活。

行动是最好的修复

还有一点是没有列进计划，但我觉得最关键的：行动才是最好的修复。像这次的身心修复计划，小伙伴说我搞那么大阵仗，不是自我调节一下就好吗。哈哈，我确实是一个行动派，一旦意识到自己不对劲，就立刻针对性地列了一个计划，然后去实行，去看效果。而无数次的实践结果告诉我：动起来，就是最好的修复。

我们很容易有不安和恐惧的时候，尤其是对某个状态不满意，或者是想做一件事时，想很多反而很容易形成一种心理内耗，还没做就已经很累。但当你去做时，反倒不觉得累，因为在行动中，你的注意力已经被转移了，而且你会在做的过程中得到更多的能量。我经常说，越折腾越爱折腾，但是越懒就会变得越懒。

一些刚入职场的小伙伴会跟我讲，觉得压力太大，工作太累，很想停下来好好休息一段时间。我其实很不赞成这种做法，因为哪怕停下来，他们可能也不会好好休息。事实上，很多人并不知道怎样才算好好休息。行动其实也是在跟外部交换能量，虽然看起来好像是在输出能量，但其实你也正在从外界吸收更多的能量。

前面说的都是我自己行之有效的方法，但是其实还有一些是我列出来又没做到的，比如说做早餐，现在已经改成吃早餐了，还有定点起床、每天早上或傍晚运动半个小时，都是没有做到的……

虽说有些计划在二十一天后并没有真的都变成习惯，但对我来说还是有效的，至少会让我有意识地关注这件事，这种关注也会不知不觉影响方方面面的状态。

就像那段时间我并没有刻意减肥，却发现自己竟然瘦下来七八斤！简直惊呆了。这和不乱吃、不喝酒有很大关系。如果是之前，我会有很多情绪需要喂养——都这么辛苦了，还不让我吃点吗！虽说偶尔放纵的感觉很爽，但是一旦你有了放纵的理由，遇到事就会习惯性地给自己找借口。

身心修复，说到底也是让自己和周边的环境、人，以及自己能相处得更好罢了。我们决定要做修复的那一刻，就已经决定了我们的状态会有所改变的。

Part 4

越折腾越爱折腾

今年开年和小伙伴们的第一个会上，聊到了“舒适区”的问题。

我想了想说，我好像从来没有过舒适区欸。她们都笑了。

之前做记者换了好几个完全不同的领域，2014年转型做自媒体，从图文到短视频，中间还做了自有品牌，尝试了电台DJ、直播……几乎每一次，在一个新领域经过艰难的磨合期后好不容易可以“躺平”一会儿时，我又开始“折腾”新的事了。

我有时候也在想为什么要把自己搞得这么累，我的野心真的有那么大吗？后来找到了答案，不是我的野心有多大，而是希望在做的事情越来越有意思，希望自己能一直保持探索未知的好奇心和求知欲。比起原地踏步的舒适，我更喜欢新的可能性。

神奇的是，当你一直在尝试新的事情时，反而会变得越来越有勇气和能量。

越折腾就越爱折腾，越懒散就越来越懒。

无论工作、健身还是生活里的其他事，莫不如此。

我的职场经

“黎贝卡的异想世界”创立快四周年的时候，好多人发了一个榜单给我看：由 LOOK 与新榜联合发布的“时尚公众号商业影响力年度榜单”中，“黎贝卡的异想世界”位居首位。后来，还入选了“2019 年福布斯中国 50 位意见领袖”榜单、《哈佛商业评论》“中国新增长创新 30 人”等。每次获得新的肯定时，读者们很爱说的一句话是：“黎贝卡的女人绝不认输！”

几年前，当我手忙脚乱地发出第一篇推送的时候，并没有想过，会写这么久，会变成全职博主，会拥有这么多“黎贝卡的女人”！

有一回跟阿花聊天，她自从加入我们工作室以后，每天忙得焦头烂额身心俱疲，忍不住问我：“这样的生活，你是怎么能坚持这么多年的？！”那天晚上，我扪心自问冥思苦想，把自己的博主生涯回顾了一遍，彻夜未眠悲从中来……（不许笑！）这几年真的经历了很多事，我的生活也发生了很多变化。其实博主和其他职业一样，都是一份工作。区别可能在于工作时间相对自由，但如果要长期地、专业地做下去，要遵循的规则和其他职场并没有很大的不同。

下面我要分享的是我这些年总结的职场经，你不会读到跌宕起伏的办公室争斗，也没有一夜暴富的秘诀，都是一些亲身经历与体验。

热爱是一切的前提

热爱是首要的前提，也是我面对很多想成为时尚博主或想加入我们工作室的人，会提的第一个问题：你喜欢这个行业吗？

因为被职业的光环所吸引和真心热爱是两回事。

博主当然有风光的一面。很多人觉得我们总是满世界飞，不是拍广告，就是看秀、参加活动，看起来又风光又好玩。但是，和看起来很光鲜的博主生活并存的，是频繁的舟车劳顿，是孤独的码字时光，是倒不过来的时差……

我已经数不清有多少次，一边排队过安检，一边抱着电脑到处找 Wi-Fi。第二天如果有活动拍摄，就提前熬夜或者利用周末不更新时写写写；这边的视频脚本还没看完，那边还有好几个人排队拿着服装的版等确认。有时候一边拍着广告，都会有一个白衣天使走过来说，“张嘴”，然后开始为第二天的出差验核酸……

几年前印象很深的一次，是我在佛罗伦萨看完古驰的秀，跟几个杂志编辑一起闲聊，说起“这好像是我第一次参加秀后派对(after party)”，她们全部惊呆，表示不可能，看这么多次秀，怎么可能第一次参加派对！

原因很简单：之前每次看完秀，我都匆匆忙忙赶回去写稿了，

2019 年星空演讲上台前。
我会在每一次上场或者拍摄前，
留一个让自己静下来的时间，
感觉整个人好像落地了，也没有那么慌了。

只有那天正好不用更新，才有了那么难得的一次闲暇。而每个人都羡慕的看秀时间，其实只有二十分钟而已。

如果你问我，后不后悔错过这么多派对？可能有一点。搞不好如果多参加参加，还会有艳遇！可是直到现在，做内容这件事，仍然是整个博主生活里最能让我有满足感和成就感的一件事。我还是很爱发布完之后一个一个地选评论（没错，大家收到的评论回复大都是我回的！），与其说这是我的工作，还不如说是我的能量补给环节，每次看到有人说有用或者喜欢，我都觉得很开心。如果这时还有一杯香槟，那就是我的秀后派对了。

说这些，并不是要强调我有多累、多不容易。能做自己喜欢的事，收获大家这么多的爱，还能赚到钱，已经够幸运了！之所以能把这件事坚持下来，最大的动力，就是因为喜欢。

不只时尚行业，很多工作“看上去”都比实际上要光鲜亮丽很多。我之前做电影记者的时候，也老有人表示羡慕：“可以天天见明星真好”，“老是能提前看还没上映的电影，肯定很爽吧”。

但当时跟我一起跑线的记者，没有一个不是每天累得想辞职无数次的。

《奇葩说》有个辩题是“‘高薪不喜欢’和‘低薪很喜欢’之间要选哪一个”，网上很多人在讨论，这也是我们玩“二选一”游戏时必备的一题。我选的是“低薪很喜欢”。因为喜欢，就是一种生产力啊。

更何况，低薪只是暂时的。环视我身边的人，工作了这么些年后，那些选择了自己喜欢的职业的人，即使一开始收入不怎样，后来大都做得风生水起。而那些做着自己不怎么喜欢的工作的人，很多都是多年后也不见什么起色。

把一件事做好，不是拼苦力，也不能只靠运气，它一定是天时地利人和。但前提一定是：你要足够热爱这件事。

只有真的喜欢，我们的潜能才会被激发出来，因为我们会想尽各种方法去做得更好；而不管哪个行业，一旦成为行业的“尖子生”，回报往往也不会让我们失望的。

那么，怎么找到自己热爱的事？怎么判断自己是否足够热爱？

我自己的判断标准是：那件事你是不是足够想做，即使没有任何回报也想做，做的时候你是不是发自内心觉得快乐。

保持好奇心

一般在问完“你是否真的喜欢这件事”之后，我的下一个问题会是：你觉得自己能喜欢多久？

放心，在这篇文章里，你不会看到“勤奋”、“坚忍”这样的建议，这些品质固然很重要，但也总带着一股咬紧牙关的意味。当你真的喜欢一件事情，不太需要这么强行“鸡血”自己。想想看，你吃小龙虾、麻辣火锅，需要努力才能坚持不懈吗？不需要。我得每天把手机强行关机才能克制住自己叫外卖的欲望。

但即使是我这么喜欢写的人，在高强度的运转中，也难免有状态不佳的时候，有累到没有分享和写稿激情的时候。实在焦头烂额时，跟崔斯坦求助："你来写一篇好不好？就算是'好色'也可以！"她都斩钉截铁地拒绝，说："太累了，别说写'好色'了，就算金城武脱光了在我面前，我也不一定'色'得起来！"（这一定不是真爱！）

是的，就算是做着自己喜欢的工作，一定也会有累（挫败/沮丧/自我怀疑）到想放弃的时候。而继续做下去的动力，除了喜欢以外，还要保持好奇心。

越是自己热爱的事，越不能丢掉对它的好奇心。

我辞掉报社的工作之前，纸媒的环境已经很差了，不管是同辈还是新人，几乎每天都有人来问我：纸媒的环境都这样了，你怎么还不走？

如果说是情绪化的"老娘不干了"的时候，我当然也有很多。但觉得腻到想要离开，还真的没有。因为我对记者这个职业一直保有好奇心。通过这个职业，可以接触和了解很多人、很多不同的领域，看到世界的多样性和可能性。

开公众号也是因为对自媒体和时尚行业充满好奇心。虽然被归类为时尚号，但我分享的内容不只是穿衣搭配、美容护肤，还有家居装修、旅游出行……好不容易有个自己的平台，简直什么都想写。

博主生涯里，除了写写写拍拍拍，还要出大量的差，参加大量的活动。有些不太熟悉的朋友看到我的状态，会劝我："钱是赚不完的，别那么辛苦了。"其实，如果只是为了赚更多的钱，完全

伦敦是我最喜欢的城市之一，
每次去都给我阳光灿烂的好天气。

没有必要这么辛苦，多接几个推广就好了。之所以满世界跑，去采访、看秀、参加活动，甚至做一些看起来跟我的本职工作没什么关系，也没有金钱回报的事，就是希望能接触更多不同的、未知的领域。这很大程度上解决了“每天都更新，真的不担心被掏空吗？”这个难题。

我们工作室的小伙伴有时候也会说，总是在写，感觉没什么时间学习。我跟她们说，这是个伪命题。学习这件事，只要你有好奇心，随时随地都可以学到东西；反之，就算让你什么都不用干了重回学校，也未必能学到什么。

身边很多在别人眼中忙得脚不沾地的职场“女高管”在我们群里聊的很多话题，经常是“最近发现了什么好玩的地方、什么值得一看的展 / 好吃的 / 好玩的事”。看起来很多都跟工作和自我提升没什么关系，但我一直都还蛮受感染的，她们在这么快的生活节奏下，依然对潮流和新事物充满好奇心。我能想象得到，工作中的她们，对行业的动态，对更优的工作方式也同样会很敏感和积极。

我曾分享过一句话：保持脆弱，选择快乐。

好些人在问，为什么要保持脆弱？因为在我看来，脆弱意味着对外部世界保持非常灵敏的嗅觉和触觉，只有全面打开自己的触觉，才有更强、更丰富的感受力。

找到自己擅长的方式

确定行业和领域之后，找到自己擅长的方式也很关键。

有一些博主，可能就是比较擅长在街拍里展示自己；也有一些博主，就是特别懂得通过视频来跟粉丝互动。我呢，特别害怕镜头。所以我选择了从写开始。

短视频刚火起来的时候，几乎每天都有人建议我拍视频，或者说帮我做视频栏目；直播火起来以后，又不断有直播的邀约……我都没有“轻举妄动”。直到这两年我才开始做，比别人慢了不止一步两步三步。是因为竞争压力大到不得不做了吗？不能说没有这个因素，但绝不是最重要的。

真正下定决心，一开始是因为在写写写了很多年之后，很想试试通过不同的信息传播方式，打破瓶颈，拓宽自己的能力边际和思维，而之所以能坚持下来，是因为拍了《100 个中国女孩的家》这个栏目。通过它，我发现，即使是短视频，也并不一定只能拍娱乐化和碎片化的内容，同样可以和用户做深度沟通。

这也是为什么，看上去我好像老是在“转型”，但自己感觉还好。因为我一直都在做内容，只是领域、方式和平台变了而已。

什么风口都比不上合适更重要。比如这几年综艺节目大火，很多明星都有受邀。有的人气大涨，突破了从艺好多年都突破不了的瓶颈；有的则明显水土不服，反而减分不少。大家身边肯定也有很多这样的例子：因为眼前一时的诱惑或其他一些原因，选择了并不适合自己的方式，结果自己并不开心，做得也未必很好。

至于怎么找到自己最擅长的方式呢？跟找到穿衣风格一样，多试试。不试试怎么知道呢？

我也一直努力能在加速度的生活中，
尽量保有自己的闲情。

不惜力

有一次整理采访周星驰、张柏芝的语音，想起了自己当电影记者的日子，发了一条这样的微博：

> 这两天想起好多以前的事：那些为了准备采访提纲熬过的夜，那些有重要专访必失眠的清晨；曾因为约到超难约的采访对象高兴到大叫大跳，也曾因为采访没做好，一个人在街头放声大哭……虽然最后也没有成为特别厉害的记者，但真的很感谢那个时候全力以赴的自己。那些日子真是闪闪发光啊。

那时候已经是半夜两点，这条微博还是“炸”出了一堆以前一起跑电影的朋友。那时的我，不管采访有多难约，都会尽全力去试试。也是因为这样，我采访到了很多很难采访到的人。

记得刚当电影记者时，我特别想采访安乐影业的老板江志强。当时他非常低调，几乎没有在媒体上露过面。所有前辈都跟我说，你不可能采访到他，不用想了。去香港电影节前搜他的图片，居然搜不到。

但我不死心，找到在他公司上班的朋友，要了张他的照片。后来在电影节期间的一个活动上“逮”到他，自报门户约采访，结果当然是立刻就被拒绝了。不过我因此发现这位老板每天都会去电影节，所以我去电影节的第一件事，就是在各个场合找他。

只要看到他我就问：“江老板，你今天要不要接受采访？”

这样连续问了十天以后，他终于受不了了，说：“这样吧，我现在真的不接受采访，但一旦要接受采访，我第一个就找你好不好？”大概半年后，我居然真的接到了他公司的人打来的电话，说江老板可以接受采访，让我去香港。我一听就激动地在电话里尖叫了起来。

而那么想做这个采访，并不是因为报社有要求，大家都默认这是个不可能完成的任务。但我就是想采访他，不尽力试试就放弃的话，我不甘心。

很多事情都是相通的。无论是以前的采访还是现在的推送或拍摄，无论最后效果是否令所有人满意，至少我从来没有敷衍过。

不惜力，与其说怕让别人失望，倒不如说不让自己后悔。无论做什么事情，只要不吝惜自己的力气去做，就算最后没有达到预期的效果，至少自己不会觉得遗憾。而如果全力以赴，一件事情成功的几率一定更高。

我们度过的每一分每一秒都无法重来，我希望当自己回过头来看自己做过的事情时，无论它们的结果如何，至少自己是没有遗憾的。

拥抱自己的缺点

熟悉我的读者都知道，我是一个名副其实的哈比人，皮肤也不够好，因为对干锅田鸡火锅麻辣火锅咸柠七杯子蛋糕爱得深沉，我的身材也离完美很远。经常有品牌拿到我的尺码之后惊呼：“哇，好小的码啊！”几番挣扎之后再弱弱地问道：“没别的意思，就是想问一下，这个胸围和腰围是不是写反了？”（好烦，写完就去健身！）

但正因为我是哈比人，我才会特别去关注怎么通过穿衣搭配来让身材比例显得更好；正因为我牙齿不齐，我才会去矫正牙齿，跟更多的人分享我的整牙过程。还有很多人受到我的影响去整牙。

没有人生来完美，缺点也可能变成你的特点。人跟人之间，也正是因为有各种各样的特点，才得以区别开来。很多人关注我，恰恰不是因为我有多完美，而是在关注我的过程中，发现就算是这样不完美的我，也可以慢慢变成更好的自己，可以做自己想做的事，过自己想过的人生。

有的人看到这里可能会说：并不是所有职场都是时尚圈，也不是所有的缺点都是生理上的，职场残酷，可容不得你拥抱缺点。

这让我想起来以前当记者的时候认识的一位同行。日报的节奏太快，他是一个慢性子，又对自己的文字要求极高，每篇稿子都精雕细琢，结果无论如何也赶不上每天一次的截稿时间，把自己和编辑都折腾得痛苦不堪。无奈之下他去了月刊，也彻底放弃跟截稿做斗争了，晚交稿就晚交稿，以达到他心目中的标准为先，没想到这样一来“旧疾”变成了优点。

缺点有时可以使人变得更强大。每次写自我管理类文章，都有人问我是不是处女座，怎么这么自律。但大家不知道，其实我骨子里是一个非常懒散的双鱼座，所以你们会看到，我连续好几年都在说要晒马甲线，结果它依然无影无踪……其实，正是因为天生非常不自律，我才需要用很多方法来管理自己。

拥抱缺点，并不是抱残守缺。只有对自己的优缺点有清晰的认知，我们才有可能修正它，或者真正接受它。

对自己诚实

当了博主之后，听到的最多的羡慕是：很多品牌送你东西吧！逢年过节都有收不完的礼物，你现在还需要买买买吗？

其实任何职业都一样，当你在一个领域做得越来越好，甚至形成影响力的时候，都会有很多的机会向你涌来。

老读者都知道，我一直把“推广”跟“推荐”完全分开。是广告就光明正大地标明“推广”，而纯分享的内容，只要声明没有软性植入，就绝对不会悄悄植入。

有人劝我：反正你的分享也是各种产品的推荐，能不能悄悄 ×× 一下？像软植入这样的提议，每天都要拒绝很多个。相信我，这些品牌或者产品，大部分都有很高的知名度和美誉度，有时候拒绝完连我自己都会心痛。

倒不是视金钱如粪土，我还是很爱钱的，毕竟只要赚够一个亿，我就可以买木村拓哉家隔壁的房子了呢！

我曾经很认真地想过这个问题，有些我自己本来就喜欢或者觉得值得推荐的，是不是可以神不知鬼不觉地植入一下呢？

答案还是：不。

因为一旦这样做了，标准和界限就会变得越来越模糊。

2017 年佛罗伦萨，那天不用更新，
“成全”了我第一次参加秀后派对。

分享欲是我可以持续热爱，并对这个行业保有好奇心的地方。

而且，是真的在分享，还是偷偷做了广告植入，读的人是有判断力的。信任感建立起来很难，但要打破却非常容易。如果为了短期的利益这样做，就算大家一时之间不会发现，慢慢也能感受到。侥幸心理，在职场、情场或是其他什么场也许偶尔能蒙混过关，但一定不能走得很远，最终消耗的都是自己。

一个人对自己有多诚实，决定了他能在职场走多远。

人生不是二选一

每到毕业季，我都会收到海量私信询问我关于找工作的困惑，不只应届生，好些刚经历高考的弟弟妹妹们也很担心地问：如果没有考到很好的大学，是不是也会影响以后找工作？问的人多了，干脆和大家专门聊一下这个话题。

无论是职场新人还是职场“老人”，我发现大家关注的问题都绕不开这几个“二选一”：

——是选喜欢的，还是收入高的？

——要去小公司，还是大公司？

——是选稳定，还是挑战？

而这些问题，虽然重点不同，但归根到底都指向同一个：到底什么样的工作才算好工作？

每次写职场话题前，我都会忍不住自问一下：我是出于什么身份来分享呢？和工作室小伙伴聊这个话题时，我发现自己对职场问题的看法也一直在变化。从新人，到老人，再到后来创业变成管理者，身份在变化，一路在成长，我看事物的维度也会随之改变。但有一些道理，是我在职场新人期学习到的，过了这么多年回过头来看，它们也依然让我受益匪浅。

下面就结合我刚入职场时学到的经验，以及身边人的经历，拆解一下这些人生两难吧！

选喜欢的还是收入高的？

每次分享个人的职业经历，我都会提到一点：热爱很重要，一定要选自己喜欢的工作。就仅仅在这本书里，“热爱”这个词也被我提了不下二十次。

有人可能会觉得这是站着说话不腰疼：我选择做喜欢的事情还挣到了钱，当然可以这么说啊。但是有些人就没那么幸运了，选择喜欢的工作可能意味着工作很累，收入还很低，而选不那么喜欢的工作，可能工作稳定，工资还高得多。就像日剧《四重奏》里乐团成员面临的两难一样，他们拥有闪闪发光的梦想，但也要面临生活艰难而残酷的困境。毕竟，并不是所有人都能靠梦想吃饭的。

梦想重要，面包也很重要。工作除了实现自我价值之外，首要前提还是要养活自己。尤其是当眼前伸手可见的利益和完全未知的可能性摆在我们面前，需要二选一时，谁都没有办法淡定。我自己刚毕业找工作时就曾面临过这样的考验。

大四快毕业时，我在一个通讯技术公司实习了一段时间，职位是市场部总监助理。实习的公司在广州一栋高端的写字楼。每天在城市的繁华地段进进出出，目光所及都是看起来很“精英”

这两年很喜欢待在户外，
阳光、微风和草木的清香总能让我快速恢复元气。
大自然是个巨大的能量场。

的人，他们白天风风火火地上班，下班后去附近喝一杯。如果不是放弃了那个工作机会，大概不久之后，我也会成为看起来光鲜又忙碌的上班族中的一员吧。

在各大报社开始招人时，我投了简历到报社，经过笔试面试，顺利进了报社的校招。被报社录用后，我就兴高采烈地跑去实习公司辞职。总监一听非常震惊，因为她当时觉得，以我实习时的卖力程度，肯定是为了能留下来，没理由突然要去做另一个工作啊。她当时说："你现在就去行政部办转正，可以立刻签约。"

现在回想起来，我还是很感激这位总监。她是个很有能力也很有魄力的女性，我最初对职业女性的好印象，很大一部分都是从她开始的。我本来的助理岗位只是辅助她做一些行政工作，但自从有一次她让我负责媒体投放，我找了师兄师姐，把折扣谈到比公司原来投放的折扣还低以后，她就给了我很多机会，让我做运营的工作，还把我的实习工资提高了。

我答应她再想一想。过了一周，我告诉她，我还是下决心去报社工作。那天下班她专门单独找我吃了个饭。我现在还记得她跟我说："工作最重要的就是薪酬和机会，在这里我都能满足你。你留下来就可以拿到同届学生中最高的薪酬，你去报社的话不可能拿这么多。"

说实话，她开的工资对当时的我来说，几乎是没有办法拒绝的，差不多是报社新人工资的三四倍。要知道，在企业的评价体系里，跳槽的薪水要看前一份工作收入多少，如果我留下来，起点就已经跟别人不一样了。

纠结了好久，最后促使我做出选择的是，想到自己读了四年新闻，又那么喜欢写，如果不去试试的话，以后一定会非常不甘心。退一万步说，就算试了不行，我还是有机会回公司的；但如果我选了公司，就会沿着那套体系走下去，很难再进报社了。而且我有信心自己应该是能当一个好记者的。报社是多劳多得的薪酬机制，如果干得好，以后工资自然也会涨啊。

现在回想起来，我还是蛮庆幸自己当初有勇气做出这样的选择的。因为到后面我越来越发现，**喜欢就是生产力**，喜欢一件事情就可以无限地激发自己的潜能，而当你变得越来越厉害的时候，其实你的收入是不会低的。

我之所以一直都说，要选自己喜欢的工作，并不是觉得收入不重要，而是把收入放在一个流动的、长期的维度上来考虑。

去小公司还是大平台？

现在很多人提到我，都会说起我在《南都》的工作经历，其实去《南都》之前，我先是通过校招进了羊城晚报报业集团，然后被分去了旗下的《新快报》工作。那段经历对我的职场生涯来说也很重要。《新快报》当时是个非常年轻的团队，也给了新人很多机会。所以我一进报社，就有机会参与很多重要的采访。

当时我还蛮拼的，像打了鸡血似的，处于一个没日没夜都在工作的状态。印象很深的是，我到报社才两个月左右就遇到国庆节，那个国庆我连续发了五天的头版头条。因为大多数记者都休假去了，我是少数几个选择留下来值班的。所有的突发事件，主任打来一个电话，我就冲出去采访了。所以，机会也不能完全看别人给不给，自己有没有去争取也很重要。

辛苦归辛苦，回报也是显著的，很快我就有了很多重要的采访机会。我觉得当记者特别好的一点就是稿子代表了你，哪怕别人不认识你，但是只要看到稿子就能了解你的能力。很快《南都》的人就来找我了，第一年我拒绝了，因为对老东家还挺有感情的，而且隐约觉得那么快就跳槽好像也不是很好。

不过第二年他们再来找我时，我犹豫了。当时《南都》在报界非常厉害，可以说全国最厉害的媒体人大多都集中在那里。身边很多人跟我说，宁做鸡头不做凤尾，你留在这儿会有很多被看到的机会，但如果你去《南都》那种高手云集的地方，很多机会轮不到你，别人也就看不到你了。

为啥最后还是选择去了呢？当时我是这样想的：在一个地方当很厉害的人不重要，但我很希望可以跟厉害的人一起工作，那样的话我自己也会变得更厉害。

所以每次有人问我，到底选小公司还是大平台，我都觉得大和小不重要，最关键的是你在这个平台里有多少成长的机会。至少在进入职场的前十年，我觉得成长的机会最重要。

留在大城市还是回家乡？

意料之外的是，大家问得最多的问题是“留在大城市还是回

好想念山里盛开的油菜花、
清甜的空气和小小家可爱的狗狗。

家乡”。大概是因为现在大城市的工作和生活压力真的太大了。

关于这一点，我是从来没有犹豫过的，因为从小就下定决心一定要离开家。听上去是不是很没良心？我是闽南人，闽南人还挺传统的，尤其是女孩子，毕业以后回家结婚生子是很常见的。但我从小就比较叛逆，总觉得在家乡生活虽然安逸，但日子也就这样按部就班一天天过去了，似乎一眼就能看到头。那时我就想，一定要走出去看看更大的世界，看看自己还有没有其他可能性。

现在面对这个问题，我的想法当然跟小时候有很大不同了。哪怕我离开家乡的心意如此坚定，在后来工作很累、很疲惫的时候，在没时间做饭、天天吃外卖的时候，也想过为什么要这么拼。明明可以回家，不用交房租，不用操心吃什么，可以过上一种舒服又安定的生活，那不是很好吗？

电视剧《三十而已》中，逃离北上广的王漫妮又逃回来了。有人说她活得拧巴又折腾，但我感觉这种纠结还挺真实的。在上海待了八年，也回过家乡，两种生活的优劣都体验过，才真切地发现，小镇生活虽然安稳，但她本质上就是宁愿去追求辛苦但也更有盼头的都市生活。就像电视剧里于伯说的那样，一旦选择了漂，什么“故乡是后路”的话，听听也就算了。

但这只是王漫妮的选择，放到另一个人身上未必适用。关于这个“二选一”，我觉得最终还是要回归到“你到底想过什么样的生活”上。问题是，很多人在刚毕业时并不知道自己想要的生活是什么样，因为那时的体验和见识很有限。要想得到自己的答案，最好去经历更多。

我有个闺蜜就是毕业后在家人的强烈要求下回去了，后来每一年在我们俩生日的时候，她都会发来灵魂拷问：“如果我当初不回家，人生会不会完全不一样？”难道她现在过得不开心吗？其实没有，她过得很安逸很幸福。而且我觉得她的思维和见识，比很多在大城市工作生活的人都要厉害得多。但就是因为当初没有体验过另一种可能，她始终都觉得不甘心。

所以，如果你问我这个问题，我一定会鼓励你都试试的。只有体验多了、经历过了，知道另一种生活是什么样的，你才能够做出判断，知道自己真的想要什么。

这个话题，归根到底是选稳定安逸，还是未知。安逸和稳定也没什么不好，但对我来说，既然生命的终点都一样，更重要的就是在这个过程中经历了什么。我自己在所有的人生选项里，选的永远都是未知的路。因为我想看看自己和生活有没有别的可能性。

选择重要，还是努力更重要？

最近经常看到一句话：“选择比努力更重要。”其实人生不是二选一，很难直接下结论说到底哪个更重要。无论是当记者、跳槽还是后来当博主，经常有人说我好像每一步都精准地踩在了职业风口上，每个选择都做对了。但其实怎么可能？做每个选择前，我也并不知道未来会怎样。

拍《精品购物指南》的封面，
遇到一群专业、靠谱又可爱的工作伙伴
是一大幸事。

很多选择现在回头看觉得很正确，但在当时并不是别人眼中明智的选择。之前从时政跳到娱乐线，我们的主编就觉得非常不可思议：时政是我们的立报之本，你竟然想去娱乐？！但我想得蛮清楚，除了很喜欢电影，还有一点是，我对人的故事很感兴趣。

回头看，我换工作和跳槽都不频繁，十多年来总共就待过两家报社，然后就自己创业了。每一次都是经过长时间的思考才做出的决定，每一步，都不后悔。

为什么我总说自己很幸运呢？无论是当记者还是做博主，我都遇到过很多厉害的同行，但他们也许没有我这么幸运，能被很多人看到。是他们不够努力吗？并不是，区别也许只是我们做了不同的选择。对的选择确实可以让你省很多力，但我并不否认努力的作用，因为我觉得选择做得再对，如果不努力也是没用的。有选择的勇气，给自己选择的思考空间，更加重要。

每隔一段时间，我都会让自己停下来想一想，自己到底要什么，要朝什么方向走。这个习惯保留至今，那些看起来可能是低谷期或徘徊期的时刻，往往就是做选择的最好时机。方向不对努力白费，战略上的懒惰比战术上的懒惰更可怕。所以我会建议，一定要留一些时间和空间给自己，沉下来想一想你到底要什么，有哪些方面需要提升，未来到底要朝哪个方向去。

不知道自己喜欢什么怎么办？

每次我说“热爱很重要”时，都会有不少人问：如果不知道自己喜欢什么呢?

可以先去试试那些你不讨厌的事。在这个过程中，你会慢慢发现，到底什么样的事情能够让你愿意投入，而且能够给你带来成就感。就像我每次做完采访后，都会非常开心地跟身边人分享。

以前朋友们有个调侃我的著名段子：每次我写完稿，就会激动地发给身边很多人看（连我妈妈都会收到一份），而且还会追着她们给意见。她们说我的那股劲头跟每次我试到好看的衣服一模一样，一定要大家都来欣赏一下。搞得她们那段时间看到我发信息就很头痛：怎么又来了。不只如此，我还很乐此不疲地一遍遍修改，报社是按字数计费的，但我很喜欢把稿子删得很短，如果能用五十字绝对不用一百字，可能有的时候折腾了一上午也就发二百字，50 元稿费。努力不仅没有得到更多，还更少了，哈哈。

但很多时候我不会这么去算，因为真的很乐在其中，改的过程中能察觉到自己的写作技能在提升。自我成长也是工作幸福感很重要的一部分。

所以，当你还不确定喜不喜欢这份工作时，不妨先让自己做一个专业的人，在这个过程中，你会得到专业技能提升带来的成就感，它又会反哺你对这件事的喜爱和投入程度。

还有一个办法就是，像我的好朋友 Echo 说的那样：为你的简历工作。当你开始为简历工作时，就能很容易判断，这个工作机会到底会不会被你写进简历里，到底值不值得为之付出努力。这样不仅会为你未来的工作和自我升值加分，也会让你在做判断和选择的时候变得很有目标感。

如果没有考到很好的大学怎么办?

最后简单说一下另一个大家关心的问题：如果没有考到很好的大学，或者被迫选择了不喜欢的专业，该怎么办?

跟读什么学校相比，能力其实更重要。就我自己的经历来说，我大学期间过得还挺散漫的（说起来有点心虚），但每一年暑假我基本上都在实习或者做兼职。后来决意要当记者，也跟报社实习的经历有关。当时的那份实习给了我信心，让我觉得自己是能做好这个职业的。而且实习老师们对我的评价还不错，也让我在报社校招时加了很多分。

所以，实习是非常关键的，一定要多去实习。如果你对学校和专业不满意，就可以在那个期间去努力接触你喜欢的行业，不管是学习还是实习，尽可能地让自己丰富这块的经验。在你正式找工作的时候，它就能充当一块敲门砖。

当然，人生不是简单的二选一，很多路还是需要自己慢慢走。

那些创业教会我的事

我身边有很多创业者，也听过不少创业故事，其中不乏跌宕起伏、惊心动魄的情节。而我一直都觉得自己只是在做一件小事，没什么大起大落，“创业者”这个标签我几乎没往自己身上贴过。

不过仔细想想，从一个人默默写稿到现在成立工作室，每天推开办公室的门，看到许多小伙伴忙忙碌碌的身影，这真的是我以前从未想过的画面。

从素人到博主，从一个人单打独斗到越来越多人加入我们团队，不知不觉，我居然已经创业八年了！

八年过去，我的生活仍然是经常性脚不沾地、间歇性失眠，但回头看一看，我收获了很多感动，完成了很多梦想：合作的品牌越来越多，有了越来越多属于自己的产品；挑战了演讲；开始做短视频；开始拍摄《100 个中国女孩的家》……

值得庆幸的是，我一直在做自己热爱的事，还有那么多小伙伴陪我。

专注、热爱、长期主义

这是我经常分享给团队小伙伴的三个关键词。当博主的前几

力争要当“最老街拍摄影师”的崔斯坦，
其实她现在已经很少出手拍照了。

年，我会更强调“热爱”，一定要足够喜欢一件事，自己的潜能才会被激发。但光靠热爱是不够的。在最初的热情逐渐熄灭后，更重要的是怎么找到持续做下去的方法和动力。

无论哪个行业，无论创业还是打工，扎扎实实地提升技能、打好基础，对个人和团队来说都是根本。

一个人的时间精力是有限的，你再拼、再厉害、再打鸡血，都不可能把每件事做到最好，只能有取有舍，把有限的时间精力用来做最想做的事。

那么，什么是我真正想做的？哦不，换成创业者的话术，我的核心竞争力到底是什么？

是内容。

好的内容就是我们的“立身之本”。如果内容都没做好，就急吼吼地去开拓别的业务，去做转型，做成的几率一定很低。

有时候，慢就是快

在很多人看来，我做很多事都慢一拍，公众号火了以后，没有飞速跟上短视频平台的风口，也没有及时进军直播，甚至没有利用投资热把自有品牌电商迅速做大。

有个投资人，在我开号的第一年就找上了门，问我未来要做什么，我说，做好内容。

第二年，他又找我，问我有什么新动作，会不会试水电商？会不会做自有品牌？我说，还没有，先把内容做好吧。

第三年，他又问了我一样的问题。我的回答还是没有。那时候我们已经变成朋友，他实在忍不住了，说："我感觉你太慢了，你看看别人都融资了，有了自己的店还做了品牌。你要快点啊！"

第四年，我的品牌终于上新，也开了其他矩阵号。

他又找我。我都不好意思了，自己先坦白："我知道，我确实很慢。"

但这次他反而变了。他说："我现在觉得慢就是快，你每一步都走得很扎实，因为你都是想清楚、准备好了才开始做。"

看起来我每次都比别人慢了一步。但回想起我的每一个选择，又似乎都很顺利。

2020 年疫情突然来袭时，每个中小企业都面临着生死考验。我们也一样：各种计划被打乱，广告纷纷撤档改期，商务活动取消，工厂无法如期复工，持续了半年之久。那个时候我比任何时候都庆幸自己是个"慢"的人。当时我给团队发了一封公开信，让大家不要焦虑。在那封信里，我说："正因为过去我们走的每一步都稳扎稳打，一直努力保证公司财务健康，才能保证一旦出现风雨飘摇的时刻不会有人被裁员，不会有人因为公司发不出工资而焦虑不安。"

和目标一致的人一起工作

刚开号时，身边的朋友听到我要和崔斯坦合作时都很惊讶，因为我跟她性格不同，他们担心到后面我们俩会连朋友都没得做。

但我知道，崔斯坦是一个对自己的工作非常投入和热爱的人。而且我有信心自己绝不会因为利益的事跟朋友闹掰。

王大R、儿力力、乔伊姐姐她们也是跟我一起“打拼”了好多年的小伙伴，她们性格各异，但有很多特质是一致的——她们都非常热爱这个行业，做起事来不惜力，有极强的自我成长驱动力。一起工作这些年，其实我没怎么“管”她们，但她们把自己管理得挺好的。大的目标一致很重要，团队目标不一致，很容易形成内耗。

完成比完美更重要

很多人可能不知道，在自有品牌开始之前，我们曾经花钱自主开发了一个平台，但后面还是弃用了……像这样的冤枉路在做品牌的时候，经历过很多次，现在都习以为常了。很多人只是看到品牌一上线就售罄，却不知道我们前前后后筹备了好几年。有一整年，无论是在米兰、巴黎，看完秀我们都会在附近停留，专门花时间看面料、找工厂，谈了好多家合作。

现在在售的很多单品，都是反复测试修改、调整版型和面料的结果。更别说还有很多开发了最后都没做的单品。但即使这样反复调整，测试了三年多，品牌也还没达到我理想中的效果。有时候产品出来完全不是预想中的样子，或者品控和其他环节出现问题时，我沮丧到好几天睡不着，甚至后悔为什么非要去做这么难做的实业。

2019 年苏格兰。
去我们自有品牌的羊绒纱线厂拍摄溯源大片，
现在回想起那段苏格兰奇幻之旅，
都觉得很美好。

但转念一想，当年发出第一篇公众号的时候，我甚至连怎么排版都不知道，就敢发出去了；第一次拍视频的时候，整个人在镜头前僵住，连话都说不清楚，也拍了……如果总想等到可以做得完美时再开始，那可能永远开始不了。如果不想走弯路，那也许永远不会出发。

只有开始去做，才知道自己会遇到什么。开始去做，比做得完美更重要。

《100个中国女孩的家》有一期拍了在云南租了山上的房子的女孩小小。各个视频平台的评论区，如我所料，也有人说“租房花六千装修花六十万好不划算”、“平时不去住是不是还得雇人打扫”等。在茶室聊天时也聊到这些。她自己也说，如果当时不是一时冲动就定了，后来也未必会租下来。她有很多朋友来她家玩之后也决定搬过来，结果都是思前想后，到了临门一脚时放弃了。如果她当时有时间很冷静地去想到底值不值，或者知道装修原来这么麻烦，可能也一样踢不出那“临门一脚”。

但恰恰就是因为她很冲动地做了，之后才发现了很多意料之外的惊喜——比如那扇窗，比如旁边的水库，比如给她们一家人生活带来的心态改变。“往往能够发生真正创意的地方，就是因为你的冲动做了一个无法预知的选择。”

不光是房子、创业，很多生活的选择也都如此。总想彻底算清楚得失和利弊，很多事最终都不会去做。太过关注结果和过程中的难点，就不会有踢出临门一脚的勇气。

体力很重要

上次参加奥迪的女性创业论坛，杨澜问我：“你是怎么做到睡那么少，每天还可以情绪稳定、精神饱满地工作那么长时间的？”我说：“可能是因为我天生体力比别人好。”听起来好像很欠扁。其实正因为这两年明显感觉到体力不如之前了，我才意识到这一点。

这也是我非常努力在调节睡眠的原因。不夸张地说，创业前五年，我平均每天也就睡四五个小时，“充电”一小会儿，“续航”一整天。这两年，虽然业务更多、行程更满，但经过努力调整，现在我每天能睡六到七个小时。因为如果不睡够，我就会变得非常不开心，而且只要伏案稍微久一点，就会腰椎颈椎哪哪儿都疼。

如果说这几年，生活给我了什么教训的话，其中之一就是：体力真的很重要。所有的透支后面都是要还的，尤其是身体的透支。能力、努力、机会、灵气固然重要，但到了一定阶段，就要看谁的体力能支撑它们发挥到什么程度了。工作是这样，创业这场持久战就更是了。

所以，省着点用！

除了具体的目标，还需要一点不那么实际的目标

和男性创业者比，女性创业者没那么敢去正视和表达自己的“野心”，无论这个野心是实现个人价值，还是社会价值。女性不

会像男性那样去表达自己要赚大钱、要功成名就、要让世界变得更好，等等。但有目标感还是非常重要的，因为这可能是支撑你打好这场持久战的关键。

有时候我会拷问自己，为什么要把自己搞得这么累？还有时候觉得做不下去了，也会不断问自己，到底是为了什么？我的野心真的有这么大吗？后来我找到了答案：不是我的野心有多大，而是我希望自己和团队在做的事情越来越有意思，有越来越多可能性。

工作也好、生活也好，除了具体的目标，还需要一些不那么实际的目标。它可能是我们在觉得生活毫无意义的时候，能够再推着我们往前走一步的动力。

温柔的力量

有段时间，韩剧《迷雾》特别红，我身边的人几乎都在讨论。很多朋友感慨，真羡慕这么狠的女人，可以拥有气场全开的人生。

这几年，“大女主”作品突然火起来了。

最常被讨论的角色，不再是《东京爱情故事》里为爱痴狂的赤名莉香，也不是《悠长假期》里人到30岁还迷迷糊糊的叶山南，而是《福斯特医生》里沉着冷静报复出轨丈夫的杰玛·福斯特（Gemma Foster）、《迷雾》里一路“开挂”的高慧兰。

这几年，说别人“很女人”、“像个女孩子”好像已经不再是一种赞美了。这一点，看看有多少女孩都在自称“女汉子”，有多少女明星在经营“爷”、“哥”这种人设就知道了。

有次看到一篇文章，大概是说现在的女人都“太优秀，够爷们”，突然想跟大家讨论一下：做个女孩子，真的不好吗？

这个问题曾经困扰了我很久。

作为一个长短板都特别明显的人，我的诸多短板中，曾经有一个让我非常苦恼。大家肯定猜不到是什么！

那就是，我拧不开矿泉水瓶。不是力气小的问题，而是我不会用大家惯用的拧瓶子的手势，而我用的手势完全使不上力。所以很长时间里，在外面只要能忍得住，我就不喝瓶装矿泉水，自带保温杯的习惯最初也是因此养成的。

大家知道为什么吗？每次当我使了半天劲还是拧不开瓶子，拜托旁边的人帮忙时，都要面对“哎哟，你果然弱不禁风”、“你果然是弱女子”、“好娇贵哦，连瓶水都拧不开”之类的或善意或嘲笑的话。

一开始，我还很着急解释，但根本没人会听，久了我也懒得解释了。现在我当了博主，慢慢有了一些读者，好像还做得不错以后，我的一个老朋友在一次叙旧的时候还不经意地说过：“你看上去娇滴滴的，真没想到你会做得这么成功。”

仔细想想，我不是第一次遇到这样的“告白”，以前当记者的时候，也曾有同行在见面时说，“看你的文章，没想到你说话这么嗲声嗲气”（因为我有闽南口音）……

类似的句式还有很多：

> 没想到你一个女的，代码写得这么好；
>
> 没想到你这么漂亮，还这么能干；
>
> 没想到你每天打扮得花枝招展的，工作居然挺认真；
>
> ……

是不是听上去都挺耳熟？大家一定也经历过，因为就连身为女性的我们，可能也曾不小心对别人说过。

作为哈比人，我只因为身高和体重就被划入“娇弱”一派，每到一个环境，都很容易感受到来自其他人的“有色眼镜”，更别提那些身材凹凸有致、说话柔声细语、举止温柔的美女了，她们感受到的“敌意”只会更多。

不知道从什么时候开始，明显的女性化特征成为一种负面的形容词，温柔和害羞成了被嘲笑的品质，由此还诞生了“绿茶婊”、“文艺婊”之类的词，连“娘”这样的字眼都被用来点评女性化的穿衣搭配。

我之前发过一个视频，叫“让我们为女孩的自信而战”，里面采访了很多女孩，她们讲述了自己曾经因为“跑起来像女孩子”、“游泳像女孩子”、“踢起来像女孩子”而被打压了自信的经历。那些从五六岁到二三十岁的女孩们在采访里说，她们的成长期饱受这种闲言碎语的困扰。这样的评价，等于在说她们很脆弱，比不上其他人。你没发现很多人骂人时喜欢说“像个娘们”吗？

拜托，我是拧不开矿泉水瓶，但我可以自己换办公室里的桶装水啊；

我是爱穿高跟鞋涂口红，但我工作起来比谁都努力啊；

我是说起话来娇滴滴的，但这并不影响我做事干脆利落义薄云天啊；

我看个电影就哭得稀里哗啦，但那不代表我的抗压能力就比别人差啊。

老读者都知道，我是双鱼座，感性、情绪化、冲动、纠结，加上外形弱小，容易让人反感的女孩子该有的“弱点”，我几乎都有了。

曾经有一位男同事在决定加入我们团队以后，很担忧地问我：“你是不是一个很情绪化的人？”我说：“是。”“那跟你工作会不会很辛苦？你会乱发脾气吗？”我回答：“不会，我很少发脾气。”

我在工作中确实很少发脾气。我很固执，但因为我自己极度情绪化，我对别人的情绪也非常敏感，更重要的是，我不相信对抗，比起剑拔弩张，我更相信温柔有力量。

今天很多人看我从传统媒体转型，由电影记者换到时尚的跑道，又如愿做了自己的品牌，可以说非常顺利了。我自己也觉得很幸运，一直在做自己喜欢做的事，还赚到了钱，真不错。

所以常常有人问我，每次都踩到点上，你是不是敏锐地捕捉到势头？

这样说可能有点欠扁，答案是：真的没有。我几乎每一次职业选择都是凭直觉做的。

我很少关心哪个行业最热门，看不懂数据，对我不感兴趣的领域的求知欲也很弱。有一句话不是说，站在风口上猪也会飞吗？我并没有预见风口的能力。比如说大家每天都在说区块链，我甚至连它是什么都没有关心过。在这一点上，我一直都蛮任性的，我只做自己当时喜欢做的事，而不是审时度势理性分析之后再做选择。

回头看我当时的几个选择，最初几年跑时政，后来转电影记者，再转到自媒体……每次转型，几乎都“一夜回到解放前”。很多朋友都善意提醒过我，别冲动，放着好好的日子不过，为什么要这样折腾？

是，真的挺折腾的。但有趣和有意思对我来说真的很重要。我想看看自己还有什么可能性。如果不是这么感性、任性、冲动，可能也不会有这个“异想世界”。

看到这里，可能有一些人会不以为然：你反正都“成功”了，当然可以这么说。

但我还是要说，正是这些所谓的“像女孩子”的弱项，才让我变成今天的自己。这些女孩子气的特征，恰恰是女人很珍贵的能量。

很长一段时间，我有个朋友的签名档都是“像男人一样努力，像男人一样坚强，像男人一样自私”。

我之所以不喜欢“女汉子”这种称号，只是因为觉得这个词本身就不对。难道豪爽、独立、坚强、努力这些品格就只有“汉子”才有吗？

说这么多，并不是想说所有的女孩子都应该举止温婉、声音轻柔。我同样很喜欢《迷雾》里的高慧兰，喜欢《欲望都市》里气场全开的萨曼莎·琼斯。女人本来就有千万种不同的面貌，每一种都可以很迷人。无论是细声细语还是粗声粗气，无论是走路带风还是弱柳扶风，只要那是你自己就好了。

麦兜的“妈妈”麦家碧，是我特别喜欢的画家。她也是个身材娇小、轻声细语的人，崔斯坦很多年前在采访她的时候不停地感慨：“怎么会有这么温柔的人？”

她当时的回复，我至今印象深刻：“你觉得我温柔吗？我觉得人人都在追求这种美好，但是温柔不是你说话的时候（轻声），或者你用什么颜色，那些不是温柔，那些只是风格。温柔是要很勇敢地去包容一些你喜欢的人，在人家不知道的时候，为他做一些很好的事。那些对我来说才是温柔。”

真正的温柔是可以接受原本的自己，同时也包容不同。

温柔本来是多么可贵的品质，但我们现在却越来越“不敢”温柔了，担心它会让我们看上去太女性化。而女性化在很多人看来，暗示的往往是做作、矫情、软弱。

其实，只有内心真正强大的人，才能够温柔地对自己，对别人，对这个世界。

所以，让我们一起把“像女孩子一样”变成一句超棒的话吧！

这些小道理，希望你早点知道

1. 卓越的技能无一例外需要持久的练习

经常有人问我：怎么能做到每天写？不会灵感枯竭吗？不会有写不出来的时候吗？会。但没关系，不要停下来，继续写就是了。

万事皆可通过练习学会。看起来再难的技能，通过训练也可以习得。从做记者到做博主，我几乎每天都会抽出一段时间用于内容输出。灵感固然重要，但我更相信日复一日的训练带来的技能提升。不是说天赋不重要，但大部分人真的还没到拼天赋的时候。

2. 谈热爱，也要谈“职业”

前面说了选择职业，热爱很重要，一定要做自己喜欢的事，一定要投入足够的热情和爱，因为我自己从中受益无穷。但“职业”也很重要。因为就算投身自己热爱的行业也会有辛苦艰难的时候，空有热情没有“职业”的态度是很难支撑下去的。就像之前网上流行的那个段子，就大多数人的努力程度而言还不足以谈天赋。职场也是如此，就一部分人的职业素养来说还不足以去谈热爱。

3. 收入和职位都是一时的，只有长在身上的本领才真的属于自己

有人可能会说，工作那么投入干吗，公司也不是我的。或者是，我反正不打算在这里干一辈子，干吗要那么努力。工作上划水对一个公司未必有太大损失，但对自己来说可能错失了职场黄金的几年，最终是消耗了自己。就算是我当博主，为自己工作，也是一个道理。

开小号后更新时间很不固定，因为很难从已经密不透风的行程里抽出时间来写。崔斯坦说，你随便写写就好了，大家看的是你。我反驳了她。我从来没有觉得因为是我，随便写写就会有人看。一定是有好的内容，大家才会来看。收入也好、名气也好、流量也好，都是一时的，只有长在身上的本领、经历才是真正属于自己的，且更长久的。

4. 不知道怎么选的时候，选难走的路

我自己在所有的人生选项里，永远都是选那条未知的路。已知的路虽然舒服，但我知道是什么样子。选一条不同的路，尽管充满了未知和挑战，却能带来不一样的体验。

刚开始做短视频时，有不少 MCN 公司找过我，想帮我做外包，台本、后期、运营全都包办，我只要参与录制就可以了。这样确实最省事，毕竟自己另组团队、购置器材，加上试错成本，都太耗时耗力了。但最终我们还是选择自己搭建团队、自己原创内容，哪怕过程困难重重，但在试错这条路上，我也学习到了很多。自有品牌也是如此，一开始自己搭平台、找供应商，样样都是难搞的事，但我们总算坚持下来了。很庆幸自己当时做了这些选择，虽然辛苦，但也越走越顺。

5. 要做擅长的事，但也要警惕一直做“擅长的事”

写写写这么多年，我遇到过好多次瓶颈，有时候明显到读者们都能看出来。有一阵子，我很苦恼于自己每天陷在这种重复里。一个朋友指出：“你有没有想过，你这样坚持写，除了因为敬业，是不是也因为那是你最擅长做的事？这也是你不舍得走出来的舒适圈。”这话简直是当头棒喝，让我反省了很久。这也是我下决心开始拍视频的原因之一。

做了视频之后，我发现选题和内容的思路一下子扩大了，在视频上投入的精力也反哺了公众号的内容。我一直都说要做擅长的事，但也需要时不时跳出自己舒服的区域，打破惯性，才能打开思维，得到新的成长和提升。

6. 珍惜自己的心理能量

时间管理最重要的一条就是：把更多的时间花在重要的人和事上。但实践起来总会跑偏。因为很多事情，光花时间是不够的，低能量状态下，即便付出了很多精力，收效也是非常有限。

7. 做一个情绪稳定的人

越来越意识到情绪管理是一门非常重要的功课，尤其是在职场上。这一年来，不管是选合作对象还是团队成员，情绪稳定都是我很重要的一个考量因素。不喜欢和时刻需要别人照顾情绪的人相处，也不需要别人照顾我的情绪。成年人应该照顾和管理好自己的情绪。

不用害怕让人看到自己的软弱，但也不要让诉苦成为惯性。

每个人的压力都很大，别人的宽容是一种温柔，而不是理所应当，没有人有义务成为你的出气口。

8. 不要吝于赞美别人的优秀，更不要羞于承认自己的优秀

之前做读者征集，印象很深的是有个姑娘说自己很幸运能被BBC录取。评论区有人回应她，姑娘，那不是幸运，是你很优秀，这是你应得的。这句话对我触动很大。为什么我们总是不好意思理直气壮地承认自己很值得拥有得到的一切呢？不必那么谦虚。运气固然重要，但光有运气是不够的。努力和能力也缺一不可。

也许我们都欠自己一句：你辛苦了，你真的很优秀。你值得拥有这一切。

9. 对抗焦虑的最好办法，是做好眼前的事

每次做采访或者参加论坛，都有人让我谈谈创业的“至暗时刻”。每次我都不知道要谈什么。不是没有过艰难的时刻，而是对我来说，情绪稳定地完成每一天的推送，做好每一个拍摄，推进每一天的工作，就是我每天都要面临的至大考验。

我很喜欢的一本书《秘密》有写过：“就像雨天开夜路，车灯只能照到前方五十米的路，但只要看清这五十米，专注开好车，就能顺利开到目的地。”与其为明天或未来十年焦虑到睡不着觉，不如先把今天过好，先把手头的事做好。

10. 工作也好生活也好，没有平衡，只有取舍

怎么平衡工作和生活？这个问题几乎时不时就会被问到。我越来越觉得它是一个伪命题。无论男女，无论是职场人还是创业

者，对任何人来讲，真正的平衡都很难做到。所谓的平衡根本是强求，一路挣扎才是常态。

前阵子，我和以前当记者时老在一起赶稿的小伙伴们聚会吃饭，晚上快九点的时候我站起来告辞："我先走了，要回去写推送。"在座的一个前同行立马绝望地尖叫："天啊，你当大博主都七年了居然还是要回去赶稿，我不想努力了。"大家都哄笑。

博主生活有光鲜亮丽的一面，但其实它和大部分工作一样，也有很多重复的、机械的日常。我也时常觉得自己像一台高速运转的机器，偶尔也会想，已经向前冲了这么久，是不是应该休息休息、做好平衡？

后来，我想通了，做那个阶段自己觉得最重要、想投入的事就好。我们的很多烦恼都是来自既要、又要、还要。如果某一天我想做的最重要的事不是工作，我也会以这股劲投入享乐。

11. 如果一件事纠结很久都没下决心去做，那就别做了

崔斯坦听我说这句话时哈哈大笑，问我什么时候活成了自己的对立面。因为我以前非常非常喜欢《倚天屠龙记》里的赵敏，她有个著名的金句——"我偏要勉强"。这一度也是我的人生态度：不撞南墙不回头，决心要做的事谁也拦不住，也自信一定能做成。现在变了，因为很多事根本勉强不来，也没什么是非勉强不可的。

12. 那些怎么都想不通的问题，也别想了

时间会把我们原来怎么都想不通的问题，变得不再重要。

13. 只有愿意自渡的人才有被渡的机会

某天深夜收到一个后台留言，问我：真的很难过啊，到底要怎么撑过去？我回复她：没有别的办法，只能靠自己撑住一口气挺过去。过去了也就过去了。如果自己不想过去，什么方法都没用。一切都会过去的前提是，你自己愿意让它过去。

14. 感受力是最重要的能力之一

努力让自己变得更强壮，但也要保护好自己的敏感和脆弱。

15. 任何时候都要存钱

无论赚多少都要存钱。不要因为钱很少就不存，也不要总觉得以后赚大钱了再存，什么时候都要保证手上有一笔存款。有时候它就是你做很多事情的底气。

财务独立是一切独立的前提。英剧《名妹》（*Harlots*）里有句台词："在这个世界上，钱是女人唯一的权力，唯有钱可以让一个女人自由。"18 世纪女人的感叹放到今天也依然适用。

16. 学会让复杂的事情简单化

越来越不喜欢复杂的人和事。有意思的是，一旦下定决心让复杂的事情简单化，很多人际难题都迎刃而解了。心有时候真的是撑大的。

17. 不想来往的人，不用继续来往

长大成人以后，什么事最轻松？就是不需要再和不想来往的人继续来往。看书时读到这句好有共鸣，这真的是长大成人为数不多的好处之一了。

18. 多见老朋友

去年送别了一些人。意识到我们终于走到了朋友会随时告别的人生阶段。所以决定新的一年多见老朋友，每一次见面都要热烈地表达，每次分开时都要用力拥抱。

19. 为真正重要的人和事付出时间

比如多陪家人朋友，多休息照看好身体等，真的投入时间而不是说说而已。很多人并不会一直在那里等你，很多事情并不是错过了以后还会有机会重来。

20. 努力而得，是幸运；努力而不得，是人生常态

能做成事的人，一定离不开努力，但也少不了运气的加持。崔斯坦在这一点上和我看法相反，她觉得把一切归功于运气太否认努力的作用了，如果不够努力，就接不住那份运气。我同意。但其实我们只是从两个维度去看这件事。她说的是方法论，我说的是心态。

这个世界确实有怎么努力也无法做到的事，有些人不是不够努力也不是不够优秀，而是缺了那么一点点运气。这并不是否认努力的作用，只是当努力了也无法做成的时候，要懂得适时放过自己。我们能做的，大概就是全力以赴，享受努力带来的自我提升和乐趣，把目光看向过程而不是结果。

成长的功课，是学会接受自己，也学会理解别人，希望我们对人生、对别人、对自己，都能温柔一点，“让硬邦邦的，不至于硬进心肠，让软弱的，不至于倒塌不起”。

21. 不要忘记自己为什么出发

当博主这么多年，虽然读者数一直在涨，每天收到大量“爱的告白”，但同样也要面对被取关的时候。负面的评论，有时也是

一种善意提醒，我有时候会截图到群里，和小伙伴们讨论我们是不是哪里做得不够好。其实无论我们怎么做，都没法阻止有人离开，没有谁可以陪你到最后。但恰恰是“没有谁会永远无条件地支持你、关注你”这一点，绷住了我心里的那根弦，随时提醒我不要膨胀，不能凑合。

22. 拥有被讨厌的勇气

我不会再试图做到让所有人满意了。

拥有被讨厌的勇气是我在2020年最大的收获之一。推荐大家去看看《被讨厌的勇气》这本书，尤其是有讨好型人格的人。

我有时候很怀念刚当博主的那几年，关注我的人没有那么多，所有的留言和私信都像在说悄悄话，因为比较“弱”和“小”，大家会有一种保护意识。随着你做“大”、关注的人越来越多，外界对你的要求自然也不一样了。以前看到刺耳的负面声音，我会很介意，心情会低落很久。现在，具体的建议依然会听会复盘，但不会再因此陷入自我否定了。只要我们知道自己一直在不断前行就好。

每当我因为别人的误解和指责而开始反省自己时，会赶紧把自己拉回来。不再试图去满足别人的期待、符合别人的想象，才是自由的开始。

拥有被讨厌的勇气，是我们都应该努力修炼的一课。

23. 偶尔要回头看

有次我在自己碎碎念的微博小号上感慨，刚工作那几年真的很容易快乐。那时明明什么都没有，却觉得所有的阳光都照在我身上，所有的风都向我吹。好怀念那股种不知道从哪里来的莫名其妙的自信，和那时的自己。现在得到快乐和满足似乎比原来难得多了。

这也是我坚持至少每年都会做一次小结的原因。偶尔也需要回头看看走过的路。活在当下、不被过往牵绊固然洒脱，但时不时回头看看来时路，才会发现现在的生活有很多地方是以前的自己羡慕的，现在的自己是以前的自己会觉得超厉害的。我刚开号时的梦想是去看一场香奈儿的秀，后来实现的小梦想远远不止这些。

这八年，我已经尽力了。下一个八年未必会更努力，只希望能更自由自在。

24. 勇敢才是世界上最厉害的魔法

最后想分享一个小故事，虽然每一天都很忙，但是只要我没出差，就会抽空跟小镜子玩一会儿。小镜子是我的侄子，一个 6 岁的小朋友。因为我很喜欢《哈利 · 波特》(*Harry Potter*)，经常跟他一起看。

有一天他问我："在魔法世界里面，到底什么魔法最厉害？"我一下子被他问住了。当时没有回答他。后来想了很久，我跟他说："勇敢是这个世界最厉害的魔法。"他问我为什么，我说："因为当你足够勇敢时，就可以面对任何挑战。"

其实我当时犹豫了很久，一直在想，我的答案到底是爱还是勇敢。后来还是选择了勇敢，因为我觉得爱也是需要勇敢的。当你拥有勇敢这个品质的时候，就可以面对一切未知和无常。

所有女孩子都勇敢一点吧，想做什么就去做。

祝我们无论何时，都能拥有勇敢向前的力量。

附录

普通如我，是怎么成为头部博主的[1]

大家好，我是黎贝卡。很多人在介绍我的时候会说，她是时尚博主，“头部”时尚博主。

“头部”这个词听起来有点好笑，“头部”“肩部”“腰部”“脚部”什么的，不知道这种划分从哪里来，但我确实是被划分到所谓的“头部”时尚博主里。

你们听说过我的名字，可能是因为《4 分钟卖出 100 辆 MINI 汽车》的新闻，或者是《一个人住 $230m^2$，黎贝卡的家是所有女生的梦》的帖子，也可能是因为“福布斯中国五十位意见领袖”榜单。

这是我当时尚博主的第五年。如果是前两年让我站在这里说说当时尚博主这件事，我讲的内容可能完全不同。不夸张地说，在全职做博主的前三年，我几乎热恋般地投入在这件事上——写了第一篇“十万加”，第一次看秀，第一次做联名款，第一次拍广告，第一次推出自己的服装品牌……新的事情一件接一件，没时间犹豫，更没时间多想，去做就好，一做就成，整个人处于打鸡血的状态。

1　此篇为黎贝卡 2019 年星空演讲分享。

现在，我的想法有点不一样了。

保持体力很难

今年“五一”，我去摩洛哥出了一趟差。在那里，我跟崔斯坦大吵一架。

结束当天的工作后，我们讨论第二天几点起床。她说七点，我想七点半，毕竟我已经有很长时间每天睡眠不到五个小时了。结果，为了这半小时，我们从半夜十二点吵到凌晨三点。吵着吵着，我居然哭了。

五年来，我第一次因为工作的事情大哭。

这些年，很多想进入这个行业的人，通过各种途径找到我取经，她们的开场白通常是：“我也很喜欢时尚，能当时尚博主吗？”每当这种时候，我都会问她们：“你是真的喜欢时尚，还是喜欢时尚博主的光环？”

在别人看来，时尚博主是很风光的：穿好看的衣服，拍美美的照片，写写自己的生活。不是看秀就是参加活动，出入的都是“高大上”的场合，收礼物收到手软，还有很多人喜欢你。这些光环当然真实存在，但这个职业，远没有想象中那么轻松。

除了节假日和周末，我每天都会发至少一篇推送。有一次出差，过马路时被摩托车撞了，我朋友的第一反应是“去医院”，而我的第一反应是“只是皮外伤，还是让我先回酒店把推送写完吧”。

除了每天的推送、活动、拍摄，我还管理着一间七十人的工作室和两个服装首饰品牌。不夸张地说，我每天都在工作，从来没有真正休息过一天，就连春节也在回复后台的评论。

这样的生活，我过了五年。

每年年底我都会列一个清单，里面是第二年想要完成的一些小心愿。明年的心愿之一，是每天睡够六个小时。

我跟工作室的小伙伴说起这件事，她们都笑了。她们说，你知道吗，你去年的心愿也是睡够，不过是睡够八个小时。听起来已经很卑微了对不对，有一天见到一个同行，她表示很羡慕我，因为她每天只睡四个小时。她还说："你知道吗，据说头部主播每天都只睡三个小时！"

我自认为是体力超好的人，但冲到第五年，工作量越来越大，睡眠越来越少，保持体力这件事对我来说变得越来越难了。

朋友们每次约我吃火锅约不上时，都会嘲笑说："难道一天不写读者就会'取关'吗？你就会被取消发文的资格吗？"

都不是。那为什么每天更新对我来说这么重要？因为我比任何人都清楚，一件事情，哪怕再喜欢，一旦过了"热恋期"，都要面对漫长的平淡期和反复出现的倦怠。如果不坚持每天都写，以我懒散的个性，这件事慢慢就做不下去了。

保持"普通"很难

很多刚刚知道我或者第一次见到我的人可能会在心里想：她看起来也太普通了吧，凭什么能当时尚博主？

没错。就像你们看到的我，不到一米六的个子，长相普通，身材普通，皮肤普通，不是富二代，也不是时尚专业出身。但也正是因为个子不高、身材不好，所以我一直努力研究怎么靠穿衣搭配扬长避短；因为牙齿不齐，所以我花了三年时间整牙……

恰恰因为我是普通女孩，大部分女生踩过的雷、走过的弯路，我都经历过。我知道普通女孩在爱美路上的开心和挣扎，知道她们在关心什么。我把这些经历、收获、痛苦，都毫无保留地分享出来。所以她们在看我的文章的时候，会特别容易产生共鸣。

但身为普通女孩的优势，其实很快就没有了。这几年，我的生活发生了翻天覆地的变化。以前，我可以花好几天，研究一件衣服怎么穿出新花样，现在，我的衣服多到每天换一件都穿不完。以前，为了买到心爱的包包要攒很久钱，现在会有很多品牌主动送包包，而且很多是还没上市的新款。

我的生活里只有工作。没时间陪家人，没时间见朋友，甚至对认真穿衣服、购物都失去兴趣，这种状态持续了大半年。

读者是很敏感的。偶尔有人会给我留言说："卡卡，你最近是不是状态不好，推送好像没有以前好看了。"更严格的人会直接说："你变了！你不再是原来那个卡卡了。"

一开始，我觉得她们在挑刺，心里很委屈。我已经很努力了，我又不是机器人，也会有状态不好的时候，为什么她们不理解我的辛苦呢？

这个念头冒出来的时候，我突然意识到，真的有什么地方不对劲了。

我以前最烦听到别人说“你们只看到我的风光，看不到我的付出”。你的风光和名利也没和别人分享啊，别人凭什么要理解你的辛苦。从什么时候开始，我居然也这样想了？太可怕了！

是的。从普通女孩到时尚博主很难，更难的，是成为时尚博主后还能保持作为普通女孩的感同身受和清醒。

意识到这个问题后，我做了三件事：

一是把生活排进行程里。只要不出差，我每个周日都会和爸爸妈妈一起吃饭。它跟写推送、拍摄、开会一起，被我固定排进了行程里。

二是每到一个地方都多待一两天。我去过无数次上海，基本上每次都是“酒店一日游”。后来我去上海出差，特意多留了一天，在武康路逛了逛，在街边花店买了束花。那一刻，突然找回了以前休假去旅行的心境。

三是把所有品牌送的礼物统一放进公司的仓库，用作读者或公司员工的福利。之前有一段时间，我缺什么就在那堆礼物里拿，已经很久没有购物的欲望了。一天和小伙伴逛街，我本来没打算买的，和她们一起蹲着试了很多口红，最后买了三支。后来我几乎逢人就说，你们一定要试这支口红，太美了。身边的人都说，她们已经很久没看过我有这么高的热情了。

与其说我害怕丧失购物的热情，不如说我害怕丧失对生活的热情。如果完全脱离真实的生活，失去生活热情，那我还有什么值得分享的呢？

买买买从来都不仅仅关乎消费。穿什么衣服，用什么包，穿什么鞋，都是我们无声的表达。在变成今天的自己这个漫长而无形的过程中，有时候物品比我们更清楚自己想要什么。买买买的过程，也是找到自己的过程。

很开心，我仍然有渴望，仍然在寻找。

保持“头部”也不容易

从时政记者到电影记者，再到时尚博主，从做媒体到成立自己的品牌，在别人看来，我每次转型都挺成功的。过去几年，我被问得最多的问题都是：“你是怎么做到每一次都赶上风口的？”

但从去年开始，我被问得最多的问题变成：“现在各种直播、短视频那么火，你怎么不做？你没有压力吗？”

说没有压力是假的。

今年3月，我的团队向我发出最后通牒：我们要开始做短视频。这件事已经没有讨论的必要了，必须要做。

其实关于要不要做视频这件事，过去两年，每隔一段时间就有一次专门的讨论。每一次，都因为我坚决反对而作罢。我的理由很简单：我喜欢写，那么好好写就好了，为什么非要做自己不那么擅长也不那么喜欢的事。

但这次面对她们强硬的态度，我没有反对。理由同样很简单：环境一直在变，想要继续留在头部，就必须做出更多尝试。现在我招了专门的视频团队，每个月我都会抽出两到三天专门录视频。

9 月份去澳门拍购物节的宣传片，因为是第三次和同一个视频团队合作，导演在拍摄间隙跟我说，你面对镜头时比前两次放松了超多。我越来越享受拍摄了。这也是新尝试带来的收获。

就像我今天来这里演讲。其实这并不是星空演讲第一次邀请我，但前两次，我都没来。不是因为不想来，而是因为不敢来。演讲一直都是我最怕的事之一。如果不来，也许永远没有人知道我不擅长演讲。但我还是来了，因为如果不来，我会永远害怕这件事，我也永远无法体会此时此刻站在这里，所能感受到的气场和能量。

也许有一天，我的团队会用同样强硬的态度来跟我说，你要去做直播，这件事已经不容商量。我会去做吗？不一定。因为每隔一段时间都会冒出一件新的事来，永远都有下一个风口，你不可能赶上每一个风口，也没有人能永远留在头部。

留在头部对我来说那么重要吗？重要。但什么也比不上做自己喜欢的事来得重要。

凭什么是我？

这些年我做了不少分享，有一次去大学，一个男生提问："有女同学为了买包包，吃了一个月的泡面，你怎么看这种行为？"

我问他："是她吃还是你吃？"他愣了一下，说："是女生吃。"然后大家都笑了。

我并不是鼓励大家为了买包吃泡面。买不买包，只是生活中的一件小事。如果没有影响别人，自己喜欢又负担得起，就可以买，哪怕代价是吃一个月泡面。如果觉得不喜欢又没必要，那就不买。没那么严重。

但我很明白他为什么会问这样的问题。我也常常被问到类似的问题："花那么多钱购物，为什么不做点更有意义的事呢？""外表有那么重要吗？""为什么不多关注一下内在美？"

这几年，我也有过很多自我怀疑的时候：我写的东西真的对大家有用吗？穿衣打扮真的值得花那么多时间来研究吗？

回到"凭什么是你"的问题。从普通女孩到千万博主，除了跟职业技能、个人特色、自身努力相关，还有个很重要的原因：我赶上了。

我深刻地感受到，中国的女孩子是多么渴望变美，多么努力地追求美。而我的存在，刚好回应了这种需求。

我的后台每天都会收到成千上万的留言。一开始几乎都是"卡卡我跟着你买了这个那个"、"卡卡我今天穿了你推荐的搭配，果然很好看"。从第二、第三年开始，留言越来越长，内容也越来越丰富。

给大家分享几条打动我的留言：

> 以前我是办公室的"小透明"，没有人注意到我，自从关注了你，开始认真穿衣打扮，慢慢开始有人问我衣服是哪里买的，怎么搭配更好看。我人缘越来越好，也越来越有自信。

> 谢谢你，因为每天都有认真穿，就算临时被老板叫去讲

PPT 也不怕，只要涂上口红，就有拿下客户的信心。

因为你，我去整了牙，敢自信大笑了。同一件衣服，现在穿比两年前穿要好看得多，因为跟你学会了搭配；因为你喜欢这些品牌，我才了解它们，后来签下了它们。

对读者来说，我不是高高在上的时尚导师，而是跟她们一起臭美、知道她们需要什么、跟她们一起在变美这条路上奋力狂奔的朋友。

我一直觉得，自己在做一件很小的事情，从来没想过要影响别人的人生，更谈不上要改变世界。

但每当看到这样的留言，看到他们的改变，我还是会觉得，自己在做的事情是有那么一点点意义的。这也是为什么我五年来经历过这么累的时候，经历过自我怀疑的时候，但从来没有想过放弃。

经常有人跟我说，卡卡，你过的就是我想要的生活，你活成了我想要的样子。

我想说，这五年来，环境变了，我也变了。但有一件事，始终没有变过。那就是，我一直相信，每个女孩，无论再普通，都有机会过上自己想要的生活，活成自己想要的样子。当然这条路并不好走，过程也许很艰难，但是如果不去试试，怎么知道自己做不到呢？

我可以，你也可以。

“她经济”与“她力量”[1]

开号第七年的时候，我终于跟我的读者——黎贝卡的女人们，一起看房了，看的还是我的联名样板间。消息一公布，很多人都说：“天哪，这年头，你连房子都可以做联名了！”

大部分人提到我的读者，都会夸：“黎贝卡的女人特别能买，你看她们，从买口红买衣服，再到买汽车，现在又买房子了。”我也特别骄傲，关注我的都是一群经济独立、能挣会花、爱生活爱美的现代女性。我想这也是我可以出这本书的原因，不是因为我有多厉害，而是因为她们很厉害。

这几年，不论是购买力还是消费环境，大家都越来越感受到女性的存在，很开心看到“她经济”支棱起来了。

不过也有一些质疑的声音，比如“现在的女孩天天说要买买买，怎么不去提升自己？”、“女性喜欢买买买买，一定是因为她们很焦虑！”、“女孩子买东西打扮得漂亮，还不就是为了讨好别人吗？”等等。

作为一个每天都在接触成千上万女性消费者的人，我对这些

1 此篇为黎贝卡在“2021 有意思生活方式大会”的演讲分享。

质疑表示不同意。

女孩子，真的只顾着买，不去提升自己吗？

你怎么知道，我们在买的同时没有花时间去提升自己呢？

有一次我分享了一个自己的书单，很多留言也在推荐她们读过什么书。其中有一个特别有意思：“没想到卡卡作为时尚博主，居然也读书。”看到留言的时候，我的心情很复杂，都不确定这是不是夸奖了。

但我面临的偏见，也是很多女性普遍面临的——你爱打扮，就一定不重视内在；你爱买东西，就不喜欢读书。但其实这些是完全不矛盾的。

据我观察，优秀的女性基本上在各个方面都是很优秀的。我收到过很多读者投稿，有的姑娘辞去百万年薪去读书，主动开拓新的可能性；也有 60 岁的妈妈，零基础自学钢琴；有的姑娘从护士转型，已经做到建筑公司董事长；有的姑娘登上过非洲最高峰；还有的姑娘在环保机构，打造世界最大的海洋保护区。这都是一群爱买爱美的女性，但她们同时也热爱生活、热爱世界。

爱买和提升自己并不矛盾，因为自我管理能力强的人，在其他方面的标准也绝对不会低。我们并不是无节制地买买买，只是在能力范围内努力给自己最好的。

我们常常会听到的另一种偏见是：“谁谁谁怎么怎么好，还不是因为有钱吗？”

这真的是我听过最懒的借口，无论这些话是来自男性还是女性。持这样观点的人，当他看到一个人身材特别好的时候，只会说“因为有钱办健身卡啊”；当他看到别人皮肤很好的时候，只会说“因为有钱买护肤品啊”；当他看到别人学了很厉害的技能，只会说“因为有钱也有闲啊”；别人做到任何自己做不到的事情，他们都会回到那个托词，“还不就是因为有钱”。

照这个逻辑，岂不是全部有钱人都好看、有品位，越有钱，越好看、越有品位？可事实上，品位并不是有钱就能堆出来的，好身材也不是有钱就能自动拥有的。连前阵子看剧，有钱的男主路见不平拔刀相助，帮别人解决了一个大问题，弹幕上都有很多人说：“还不是因为有钱吗？有钱才有善良的权利。”真的非常不能认同这种观点。因为善良是一种选择，和有没有钱并无关系。

我在疫情刚开始的时候，胖了十斤，因为久坐腰酸背痛，整个人状态很差。隔离结束之后，我第一时间耗巨资请了私教。三天打鱼两天晒网，只上了两节课就荒废了。结果你们猜怎么着，钱是花了，一斤也没有瘦下来。后来健身卡过期了，但我觉得实在不能再这样下去，于是开始自己一周练两三次，没有办健身课也没有请私教，经过努力挥汗回到了原来的体重。其实瘦不瘦真的不重要，最重要的是整个人状态好了很多。

2020 年底，我们开启了一个新栏目，叫《100 个中国女孩的家》。因为拍摄，我们去了很多女孩的家，有人住特别大的花园洋房，也有人租在几十平米的小公寓里，而我发现，一个好看的家，其实跟房子的大小没有绝对的关系，更多的是看她们愿不愿意为这个家投入时间和精力。

与其把别人做到，但自己没做到的事情都归结于还不够有钱，倒不如去想想别人为什么能做到。换个角度去看待别人的分享，反而会受益很多。

“女孩子喜欢买买买，还不是因为焦虑吗？”

其实我也认真地想过这个问题——我买东西的时候，是不是因为焦虑，需要用买买买来填补自己的空虚，或者来疏解我的焦虑？但答案是否定的。

我有一位读者，她调侃自己是“45 岁老阿姨”，把孩子送上大学后，全心全力地投入工作，升职加薪，换了近郊的大房子，又开始做牙齿矫正，还犒赏了自己不少好东西。她说：“你看，人生什么时候都可以是春天。”

她让我想到身边的很多女性，无论她们处于哪个年龄，25 岁、35 岁、45 岁、55 岁，她们的焦虑往往来自于不知道自己要什么。而当她们找到自己喜欢的事情，找到为之努力的目标，当她们更加关注自己以后，心反而定下来，不焦虑了。

所以我化妆不代表我有容貌焦虑，我只是想用最好的状态来迎接这一天；我健身不代表我有身材焦虑，身材失控才会让我焦虑；追求美和好，不会让人焦虑，让人焦虑的是不知道自己要什么。

看到这里，肯定有人会想，你一直在反驳这些观点，不就是因为你也是女的吗？恰恰相反，我觉得大家比以前更关注女性消费未必是一件坏事，之所以会觉得现在的女孩比以前更爱买，其实有两个原因，一是因为我们有能力买了，二是因为我们更愿意给自己买了。

我妈妈曾经对我说："你当博主怎么光鲜亮丽，我都不羡慕，我最羡慕你的还是，你想买什么都可以自己买。"她是非常典型的福建传统女人，她的选择跟上一代很多女性一样——可以为了照顾家庭，为了小孩，省吃俭用，"满足自己"这件事永远被放在最后一位。所以我妈妈特别羡慕我们这一代人，能挣会花。

有人总结过"现代女性三大刚需"，说是赚钱、变美、撩汉。但我做过大大小小十几场读者分享，每次把"撩汉"这个词说出来的时候，下面的女性观众都嘘声一片。

在这么多场讨论之后，我调整了一下这个结论，现代女性的新"三大刚需"是：赚钱、变美、爱自己。

我们先来看看现代中国女性多会挣钱。2021 年年初央视财经发布的《中国美好生活大调查》提到，中国女性投资赚钱的比例高于男性。另一组数据，来自全球最大的投资管理公司富达国际，同年初在英国、德国、日本、中国等六个国家进行调研，得出的《女性投资理财调研报告》显示：中国是唯一一个女性比男性拥有更多存款的国家。所以啊，别总盯着我们买买买这件事，现代女性既然这么能挣，为什么不能花呢？

很多男士知道我，可能是因为我之前跟MINI的一个合作，四分钟卖掉了一百辆车。这其中占百分之一的一位读者，后来提车的时候跟我说，她人生的第一辆车就是MINI，周围很多人都劝她，你怎么买这么小的车，万一以后家人要坐怎么办？万一工作路上要接上你的朋友呢？她说："不，努力工作了很久才把它买下来，这辆车就送给我自己的，它的副驾驶位属于我的包包。"

表面上你听到的可能是女性说"我要买什么"，但它蕴含的深层含义其实是"我要怎么取悦自己"。

前阵子分享了我人生中第一对钻石耳钉的故事，我在文章里有写道：虽然钻石很小，但我真的很开心，因为是我自己送给自己的。结果收到一条留言说：多可悲，没有男人宠爱还自我安慰。我回复道：看来女性独立，确实道阻且长。我其实没有生气，只是觉得很魔幻——都什么年代了，还有人觉得自己喜欢的东西只能等别人送，我们完全有能力自己挣钱自己买，这种感觉真的不要太爽好吗？！

这也是我为什么一定要拍《100个中国女孩的家》。因为以前的中国女孩很少会有"自己家"这个概念，结婚以前跟爸爸妈妈住在一起，结婚以后又跟丈夫共享一个家。但现在很多女孩子的想法都已经变了，其中一个表现就是——"我需要有一个自己的空间"。我印象特别深的是一位租住在上海老洋房的女孩邵邵，她的房租特别贵，问她为什么不和男朋友合租，这样还可以分摊一点房租。她答，以后就算结了婚，也会给自己租一个哪怕是30平米的房子，因为她需要有一个能够让自己完全放松的空间，一个独立的空间。

空间只是自我需求中的一个维度，但能够重视自己的需求，并且努力去满足，在我看来就是一件特别棒的事。

从一支口红，到一辆汽车，到一个完全属于自己的空间，我们能明显地感受到中国女孩越来越懂得取悦自己，也越来越有能力取悦自己了。表面上我们在说消费，其实消费只是一个动作或者一组数据，不要忽略它背后，是无数女孩在独立这条路上所做的努力。我们的经济更加独立，我们的情感更加独立，我们更关心怎么提升自己、满足自己、过上自己想要的生活，而这些是我们之前的女性所不能想象的。

所以我相信，“她经济”还会不断发展，“她力量”还会继续崛起。

我很有幸自己能够参与并见证这样的时代。

图书在版编目（CIP）数据

爱美也是生产力 / 黎贝卡著 .-- 北京：北京十月文艺出版社，2022.5
ISBN 978-7-5302-2228-7

Ⅰ. ①爱… Ⅱ. ①黎… Ⅲ. ①散文集－中国－当代
Ⅳ. ①I267

中国版本图书馆 CIP 数据核字（2022）第 048114 号

爱美也是生产力
AIMEI YESHI SHENGCHANLI
黎贝卡 著

出　版　北京出版集团
　　　　北京十月文艺出版社
地　址　北京北三环中路 6 号
邮　编　100120
网　址　www.bph.com.cn
发　行　新经典发行有限公司
　　　　电话 (010)68423599
经　销　新华书店
印　刷　北京盛通印刷股份有限公司
版　次　2022 年 5 月第 1 版
　　　　2022 年 5 月第 1 次印刷
开　本　640 毫米 ×960 毫米　1/32
印　张　9
字　数　170 千
书　号　978-7-5302-2228-7
定　价　59.00 元
质量监督电话　010-58572393
如有印装质量问题，由本社负责调换。